LUDWIG THOMA, 1867 in Oberammergau geboren, studierte Forstwissenschaft in Aschaffenburg und dann Jura in München und Erlangen. Von 1894 bis 1899 arbeitete er als Rechtsanwalt in Dachau, danach in München. Seit 1899 war er Mitarbeiter des »Simplicissimus«, seit 1907 des »März«. Thoma starb 1921 in Rottach/Tegernsee. Zu seinen bekanntesten Werken zählen »Ein Münchner im Himmel«, »Lausbubengeschichten« und »Josef Filsers Briefwexel«. In der *edition monacensia* ist erschienen: Ludwig Thoma, »Münchner Karneval«.

edition monacensia
Herausgeber: Monacensia
Literaturarchiv und Bibliothek
Dr. Elisabeth Tworek

# Die bösen Buben

Von Thomas Theodor Heine
und Ludwig Thoma

Mit einem Nachwort von Bernhard Gajek

Dieses Buch erschien erstmals 1903
bei Albert Langen, München

Weitere Informationen über den Verlag und sein Programm unter:
www.allitera.de

Bibliographische Information Der Deutschen Bibliothek
Die Deutsche Bibliothek verzeichnet diese Publikation in der
Deutschen Nationalbibliographie;
detaillierte bibliographische Daten sind im Internet
über <http://dnb.ddb.de> abrufbar.

Oktober 2007
Allitera Verlag
Ein Verlag der Buch&media GmbH, München
© 2007 für diese Ausgabe:
Landeshauptstadt München/Kulturreferat
Münchner Stadtbibliothek
Monacensia Literaturarchiv und Bibliothek
Leitung: Dr. Elisabeth Tworek
und Buch&media GmbH, München
Umschlaggestaltung: Kay Fretwurst
unter Verwendung der Titel-Illustration der Ausgabe von 1903
Herstellung: Books on Demand GmbH, Norderstedt
Printed in Germany · ISBN 978-3-86520-248-2

# Inhalt

Zu Wilhelm Buschs siebzigstem Geburtstag · 7

Erster Streich · 11
Zweiter Streich · 17
Dritter Streich · 23
Vierter Streich · 29
Fünfter Streich · 37
Sechster Streich · 43
Letzter Streich · 49
Schluß · 55

Bernhard Gajek: Nachwort · 57

# Zu Wilhelm Buschs siebzigstem Geburtstag

15. April 1902

---

Sieht man nicht mit Mißvergnügen
Eigentlich die Jahre fliegen?
Hat sich schon ein Mensch gefreut,
Daß so schnell vergeht die Zeit?
Wenn es uns nicht freuen kann,
Warum feiert man es dann?
Wilhelm Busch, auch du bist heute
Jubilar. Und viele Leute
Geben uns die Rechenschaft
Über deine Dichterkraft.
Über deines Innern Wesen
Dürfen wir so manches lesen,
Was dir selbst verborgen blieb,
Bis der Kritiker es schrieb.
Ach jawohl! Bei langer Dauer
Fällt dir das Bewundern sauer,
Und du gehst mit müdem Blick
In dein stilles Haus zurück;
Denn es hat dich mitgenommen.
Horch! Da sind noch zwei gekommen.
Sieh doch nur die altbekannten
Wohlvertrauten Gratulanten!
Max und Moritz stehen hier
Heut' vor deines Hauses Tür;
Etwas älter als vor Jahren,
Da sie noch zwei Buben waren.

Max ist Maler, Moritz Dichter,
Aber beide Bösewichter.
Herrscher necken, Menschen quälen,
Hohe Ideale stehlen,
Die man sich in Deutschland schuf –
Ja, das ist nun ihr Beruf!
Schickst du sie von deinem Hause?
Wünschest du in deiner Klause
Auch zum Teufel diese zwei?

Sieh! Da kommt er schon herbei,
Denn er hält für gute Beute
Dichter oder Malersleute:

Niemand wird so oft verflucht
Und ist so durchaus verrucht.
Diesmal freilich hilft noch jene,
Die wir kennen als Helene,
Und die auf den Teufel jetzt
Ihren guten Engel hetzt.
Aber kann der liebe Gott
Länger dulden, daß der Spott
Dieser beiden das vergiftet,
Was er selber einst gestiftet,
Nämlich Militär und Thron
Und dazu die Religion?
Nein! die Staatsgewalt muß siegen
Und das Böse unterliegen.
Dies wird die Geschichte lehren,
Welche Wilhelm Busch zu Ehren
Und der Menschheit zum Genuß
Schrieb der
    Simplicissimus

# Erster Streich

Manche haben viele Müh'
Mit Europas Federvieh.
Andre haben das Vergnügen,
Weil sie von den Vögeln kriegen,
Was man zweitens dann und wann
Als Profit bezeichnen kann.
Drittens aber hat man gerne
Ihre kleinen Ordenssterne,
Die sie der Gesinnung wegen
Hie und da ins Knopfloch legen.

Seht hier Onkel Krupp aus Essen,
Der schon viel durch sie besessen,

Denn er rupft der Adler zwei
Und auch einen Hahn dabei.

Max und Moritz dachten nun:
Was ist hier jetzt wohl zu tun?
Und sie brachten, eins, zwei, drei,
Vier Kanonen schnell herbei.
Diese banden sie an Fäden,
Kreuzweis, ein Geschütz an jeden.

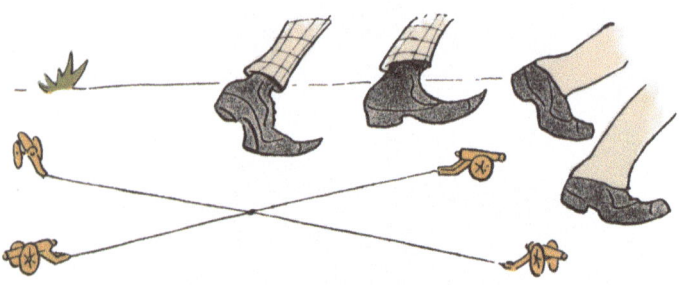

Kaum hat dies der Hahn gesehen,
Fängt er auch schon an zu krähen:
Kikeriki! Kikikerikih!
Paß mal auf! – Jetzt kommen sie.

Hahn und Adler schlucken munter
Die Kanonen schnell hinunter.

Oh, wie gierig fraßen sie!
Und das Petersburger Vieh
Freute sich vor allen Dingen,
Denn es konnte zwei verschlingen.
Aber als sie sich besinnen,
Konnte keines mehr von hinnen.

In die Kreuz und in die Quer
Reißen sie sich hin und her,

Flattern auf und in die Höh',
Ach herje, herjemineh!

Ach, sie bleiben an dem langen
Dürren Ast des Baumes hangen.

– Und ihr Hals wird lang und länger,
Ihr Gesang wird bang und bänger.
Jedes legt noch einen Orden,
Und dann ist es still geworden.
Dieses war der erste Streich,
Doch der zweite folgt sogleich.

## Zweiter Streich

An der Straße, im Gebüsche
Steht in einer kühlen Nische,
Was ein jeder Deutscher kennt
Und das Ideal benennt.
Hierher führt man oft die Jugend,
Denn nichts fördert mehr die Tugend,
Als das sichtliche Exempel.
Dieses wußte Lehrer Lämpel,
Weil er nämlich auch so dachte
Und es sich zum Grundsatz machte.

An den freien Nachmittagen
Ließ er oft den Schülern sagen,
Er begäb' sich bald nach Tische
Zu dem Denkmal in der Nische.

Diese kamen teils aus Liebe,
Teils auch aus gemeinem Triebe,
Weil sie notgedrungen mußten,
Wie sie aus Erfahrung wußten.

Eines schönen Mittwochs wieder
Nahm Herr Lämpel brav und bieder
Seine ganze Schülerschar
Dorthin, wo das Denkmal war.
Und er sagte: »Allemal
Ist es doch das Ideal,
Welches uns in diesem Leben
Trösten kann und hoch erheben;
Weise hält es uns am Zügel,
Andrerseits verleiht es Flügel,
Daß man in die Höhe fliegt
Und nicht in der Gosse liegt.

Legt in eure Brust den Keim!
Und jetzt gehn wir wieder heim.«

Alle schieden von dem Orte,
Hoch erhoben durch die Worte,
Die sie in sich aufgenommen.
Max und Moritz aber kommen
Nun hervor, wo sie versteckt
Saßen, vom Gebüsch verdeckt.
Denn sie hatten unverdrossen
Nachgedacht auf neue Possen.
Jetzt holt Max aus seiner Tasche
Eine Niesepulverflasche;

Moritz füllt sich beide Hände,
Eilte hin zum Postamente,

Und er stopfte dem Idol
Beide Nasenlöcher voll.

Rums! Jetzt geht das Niesen los
Mit Getöse, schrecklich groß.
Seitwärts, abwärts, aufwärts ging's,
Hazzi! rechts, und hazzi! links,
Daß in einem weiten Bogen
Stücke durch die Lüfte flogen

Und bald nichts mehr – oh! oh! oh!
Übrig blieb, als wie das Stroh,
Mit dem man dereinst gefüllt
Dieses ideale Bild.
Als Herr Lämpel dies vernahm,
Packte ihn ein tiefer Gram.

Und er sagte seinen Schülern!
»Ach! von Nörglern und von Wühlern
Ward das Ideal zertrümmert,
Das dem Volk vorangeschimmert.
Wer soll nun die Menschen lehren,
Daß sie stets das Schöne ehren?
Wie soll künftig das geschehen,
Jetzt – da jedermann gesehen,
Daß ein Büschel Stroh und Heu
Des Idoles Inhalt sei?
Dieses war der zweite Streich,
Doch der Dritte folgt sogleich.

# Dritter Streich

Jedermann im Dorfe kannte
Den, der Staatsanwalt sich nannte.

Sein Beruf war, anzuklagen,
Überall herumzufragen,
Überall herumzuschnüffeln,
Große Akten durchzubüffeln,
In der Luft Verbrechen riechen
Und in jedes Loch zu kriechen.
Galt es, wen zu überführen,
Krumm zu schließen, arretieren,
Oder böse Demokraten
Schinden, rösten und zu braten,
Niemals schwach und immer kalt:
Alles macht der Staatsanwalt.

Drum so hat in der Gemeinde
Jedermann ihn gern zum Freunde,
Daß er günstig mit ihm steht;
Wenigstens, so lang' es geht.
Aber Max und Moritz dachten,
Wie sie ihn verdrießlich machten.

Nämlich vor dem Sträflingshause
Floß ein Wasser mit Gebrause.
Übers Wasser führt ein Steg,
Und darüber geht der Weg.
Max und Moritz, gar nicht träge,
Sägen heimlich mit der Säge,
Ritzeratze! voller Tücke
In die Brücke eine Lücke.
Als nun diese Tat vorbei,
Hört man plötzlich ein Geschrei:
»He, heraus! du Staatsanwalt!
Huß! Huß! Huß! So komm doch bald!

Hier hat einer ungeschliffen
Auf den Landesherrn gepfiffen,
Einer hat hier was gesagt,
Was man kaum zu hören wagt.
He, heraus! du Tintenfleck!
Denunzierer, meck, meck, meck!«
Alles konnte er ertragen,
Ohne nur ein Wort zu sagen;
Aber wenn er dies erfuhr,
Ging's ihm wider die Natur.

Rasch mit einer Eisenschelle
Tritt er auf des Hauses Schwelle,
Denn schon wieder, ihm zum Schreck,
Tönt ein lautes: »Meck, meck, meck!«

Und schon ist er auf der Brücke,
Knacks! Die Brücke bricht in Stücke:
Wieder tönt es: »Meck, meck, meck!«
Plumps! Der Staatsanwalt ist weg!

Grad als dieses vorgekommen,
Kommt ein Adler angeschwommen,
Den er in der Todeshast
Krampfhaft bei den Beinen faßt.

Mit dem Adler in der Hand
Flattert er auf trocknes Land.

Übrigens bei alledem
Ist so etwas nicht bequem.
Und es ward dem Staatsanwalt
Einmal heiß und einmal kalt.
Bei den eigenen Kollegen
Wollte sich kein Mitleid regen;
Jeder dachte: »Mußt' es sein,
War es besser, er fiel rein.«
Doch der Landesherr ersah,
Daß es seinethalb geschah.
Jetzt verstummten alle Tadler,
Denn der große Rettungsadler
Ward ihm voller Huld geschenkt
Und in Gnaden umgehängt.
Dieses war der dritte Streich,
Doch der vierte folgt sogleich.

# Vierter Streich

Still, beschaulich und zufrieden
Wirkte Pfarrer Böck hienieden
Nach dem Himmel ging sein Streben;
Oftmals sprach er : »Unser Leben
Ist nur eine Probezeit
Für die große Ewigkeit.
Und die leiblichen Genüsse
Sind dabei nur Hindernisse;
Ja, es ist uns beispielsweise
Deshalb nötig bloß die Speise,
Weil sie uns des Leibes Kraft
Für die Frömmigkeit verschafft.«
Ganz denselben Glauben hegte
Seine Köchin, die ihn pflegte
Und die im Vertraun auf Gott
Täglich buk, und briet und sott.
Daß sie so gesonnen waren,
Hat man überall erfahren

Und sie kamen mit der Zeit
Zum Geruch der Heiligkeit.

Max und Moritz, diese beiden
Konnten sie darum nicht leiden.

Einstens, als am Sonntag morgen
Sich der Pfarrer ohne Sorgen
Zu der Kirche hin bewegte,
Und die Predigt überlegte,
Schlichen sich die bösen Buben
In sein Haus und in die Stuben,
Ja, sie drangen keck und frech in
Das Gemach der Pfarrerköchin.
Moritz hatte eine Rolle
Präparierter Schießbaumwolle,
Max entdeckte, wo Babette
Aufgehoben ihr Korsette,
Welches, wo der Busen saß,
Einen Meter vierzig maß.

Und sie stopften rasch die Wolle
In die schöne, runde, volle
Wölbung und verbanden sie
Vorn mit einer Batterie.
Jetzt nur schnell und still nach Haus!
Denn schon ist die Kirche aus.

Eben geht mit sanfter Ruh
Böck auf seine Heimat zu.
Und Babette unverweilt
Ist vom Herd hinweggeeilt,
Denn der Sonntag unterscheidet
Sich dadurch, wie man selbst sich kleidet.
Deshalb wusch sie sich, und dann
Zog sie heut' ihr Schönstes an.
Erst den Rock, und das Korsett,
Dann das seidene Jackett.

Leider! Leider! Merkte sie
Nichts von ihrer Batterie.
Sehr vergnügt und äußerst munter
Ging sie wiederum hinunter,

Um das Essen aufzutragen,
Das der Pfarrer mit Behagen
Und zufrieden in sich nahm,
Wie es nach der Reihe kam:
Erst zwei gute Leberknödel,
Dann gesulzten Schweineschädel,
Eine Gans und einen Huchen,
Hinterdrein noch Pfannenkuchen.
Alles aß er fromm und mild,
Und von Dank zu Gott erfüllt.
Nach dem Essen ist die Zeit,
Wo sich regt die Zärtlichkeit.
Böck war wohl nicht jung an Jahren,
Aber, wie wir oft erfahren

Und man täglich sehen kann,
Ändert dies nicht viel daran.
Als Babette eingetreten,
Hat sie Böck zu sich gebeten,
Und er hat sie fest gezwickt,
Wo es sich durchaus nicht schickt,
Und dann nahm er zärtlich sie
Auf das runde, fette Knie.
Stürmisch hat ihr Herz gepocht,
Und er sprach: »Gut war's gekocht,
Dieses war ein Tag des Herrn;
Babett, ja! Ich hab' Sie gern.«

Zum Beweise griff er kühn
Nach des Busens Fülle hin,
Und er hat sie hochbeglückt
Auf die Batterie gedrückt.

Bums! Und bautsch! Die präparierte
Schießbaumwolle funktionierte;
Bums! Und bautsch! Da kracht es schon!
Weithin hörte man den Ton!

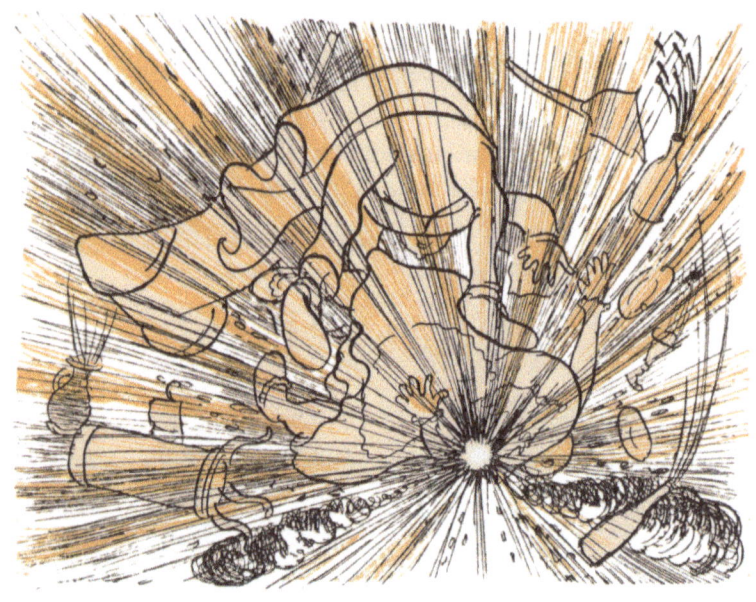

Köchin, Pfarrer, Schüssel, Teller
Und die Flaschen aus dem Keller,
Ofen, Tisch und Sorgensitz,
Alles flog im Pulverblitz.

Als der Dampf sich wegbegeben,
Sah man ihre Seelen schweben,
Hoch hinauf zum Himmel fliegen.
Ihre Leichen blieben liegen.
Dieses war der vierte Streich,
Doch der fünfte folgt sogleich.

## Fünfter Streich

Wer im Dorfe oder Stadt
Einen Fürsten wohnen hat,
Der sei höflich und bescheiden,
Denn das mag er gerne leiden.
Jetzt noch, wie im Altertum,
Ehrt man Serenissimum.
Morgens, mittags, abends auch
Kriegt vor ihm man auf dem Bauch,
Bringt ihm, was er haben will;
Apanage möglichst viel,
Flinten, Schiffe, Militär,
Alles holt man schleunig her.
Wenn das Volk nicht alles tut,
Was zu wünschen man geruht,
Gleich ist man mit Freudigkeit
Dienstbeflissen und bereit,
Sperrt die Übeltäter ein,
Singt dazu die Wacht am Rhein.
Oder sei's an einem Tage,
Daß er einmal etwas sage,
Was er eigentlich nicht wollte,
Konnte, durfte oder sollte,
Dann erhebt man ein Geschrei,
Hurra! Oder was es sei!
Und man überhört es ganz,
Täterätäh! Im Ruhmesglanz.
Oder will er uns belehren,
Muß man seine Worte ehren

Und so tun, als wenn die Witze
Oder die Gedankenblitze
Uns die ganze Fassung rauben
Und wir unerschüttert glauben,
Daß von dem, was er verkünde,
Er auch wirklich was verstünde.
Kurz, man ist darauf bedacht,
Was dem Fürsten Freude macht.
Max und Moritz ihrerseits
Fanden darin keinen Reiz,
Und sie freveln oh! oh! oh!
Selbst an Serenissimo.

Einst an einem schönen Tage
Hatte die Regierungsplage
Ihn so schläferig gemacht,
Daß er auf dem Throne sacht
Des Gerechten Schlummer schlief.

Max erblickte dies und rief,
Bis sein Bruder Moritz kam,
Und das Werk den Anfang nahm.

Beide schmierten voll mit Leim
Und mit etwas Honigseim
Schneller, als man es geglaubt,
Das erhab' ne Herrscherhaupt.
Sieht der Himmel diesen Frevel?
Regnet es nicht Pech und Schwefel?
Nein! Im Gegenteil! Es klappte,
Und der Leim und Honig pappte.
Jetzt nun holten sich die zwei
Einen Bienenkorb herbei.

Eins! Zwei! Drei! Da steht er schon
Neben ihres Fürsten Thron.
Aus dem Korbe summ! summ! summ!
Fliegen Bienen mit Gebrumm.

Schon faßt eine, die voran,
Die erlauchte Nase an.

»Bau!« spricht er – »was ist das hier?«
Und erfaßt das Ungetier.
Und den Fürsten voller Grausen
Sieht man von dem Throne sausen.
»Autsch!« Schon wieder stach ihn eine
An dem Majestätsgebeine.
Auf den Backen, in dem Haar,
Überall, wo Honig war,
Auf dem Kinn und auf den Lippen
Wollen sie ein bißchen nippen.
Sich zu wehren ist nicht gut;
Das versetzt sie erst in Wut,
Und sie stechen, wie man sieht,
In das fürstliche Geblüt.
Serenissimus – voll Not –
Haut und trampelt alles tot.
Endlich, endlich war's vorbei
Mit der Bienenkrabbelei.

Aber wie – o welch ein Graus! –
Sah das Herrscherantlitz aus?!
Auf dem vorher früh und spät
Leuchtete die Majestät!
Dieses war der fünfte Streich,
Doch der sechste folgt sogleich.

# Sechster Streich

In der neuen Blütezeit
Müssen deutsche Künstlerleut'
Viele süße Zuckersachen
Backen und zurechte machen,
Die man dann in der Allee
Ausstellt, daß sie jeder seh,
Ausgerichtet, schnurgerade,
Wie bei einer Festparade.
Max und Moritz wünschten auch
Sich so etwas zum Gebrauch.

Der Konditor mit Bedacht
Hat das Kunsthaus zugemacht,
Doch die beiden stiegen munter

Einfach durch den Schlot hinunter.
Ratsch! Sie sind hinabgefahren,
Wo die Kunstgebilde waren.
Honigsüße Gegenstände
Schmückten überall die Wände;
Unser ganzes Heldentum
Stand in Zuckerguß herum.
Hier ein Prinz aus Schokolade
Zeigt die wohlgeformte Wade,
Dort stand, mit Rosinen voll,
Ein geschichtliches Symbol,
Löwen, Adler, andres Zeug
Waren meist aus Butterteig,
Und zuletzt ganz obenan
Stand ein Held aus Marzipan.
Dieser war bestreut mit Zimt
Und für die Allee bestimmt.
Max und Moritz wollten diesen
Teilweis auch für sich genießen.

Knacks! Die Leiter brach entzwei!
Schwapps! Da lagen sie im Brei,
Hergestellt aus bestem Mehl
Für den Engel Michael.

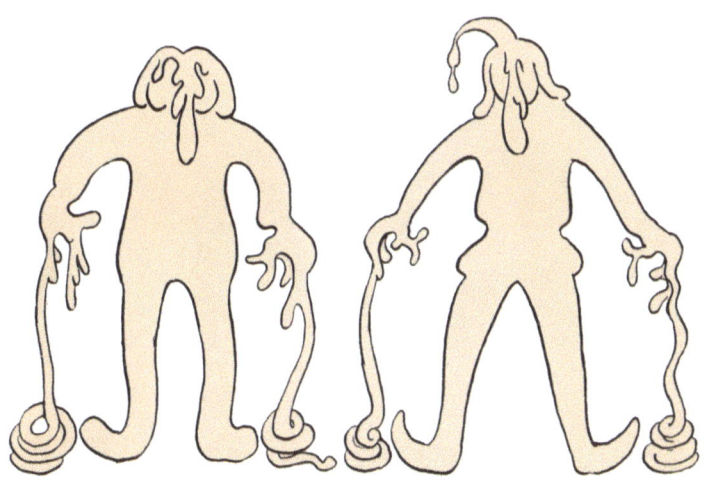

Ganz vom Kuchenteig umhüllt,
Stehn sie da als Jammerbild.

Gleich erscheint der Meister Bäcker
Und bemerkt die Zuckerlecker.
Eben hatt' er nachgedacht,
Was er für Figuren macht,
Die er stelle nebenan
Zu dem Held aus Marzipan.
Als er nun die beiden sah,
Rief er laut: »Viktoria!
Jeden nehm' ich mir als Puppe
Für die neue Denkmalsgruppe.«

Eins! Zwei! Drei! Eh' man's bedacht,
Sind sie schon zurecht gemacht.
In dem Ofen glüht es noch –
Ruff! – Damit ins Ofenloch!

Ruff! Man zieht sie aus der Glut,
Denn nun sind sie braun und gut.

Und man kann sie alsobald
Stellen in den Denkmalswald.

Schleunig kommt der Tag heran,
Wo man sie enthüllen kann.

Alle Leute auf den Gassen
Sind vor Freude ausgelassen;
»Wieder wird was eingeweiht,
Und die deutsche Kunst gedeiht!«
Hofbeamte, Militär,
Alles strömt begeistert her,
Bürgermeister, Magistrat,
Und auch der Gemeinderat;
Überall ein festlich Wimmeln,
Schüsse krachen, Glocken bimmeln,
Und um halber zwölf exakt
Hebt sich an der Freudenakt.
Stille herrscht, der Vorhang fällt.
Sieh! Da steht der Fürst und Held
Auf dem Postamente frei,
Max und Moritz nebenbei.

»Deutsches Volk! Hier kannst du schauen,
Hier kannst du dich auferbauen
Und das kommende Geschlecht;
Diese Gruppe – sie ist echt,« –
Sprach der Bürgermeister.

        Doch
Max und Moritz lebten noch.

Knupser, knapser! – wie zwei Mäuse
Fressen sie sich durch's Gehäuse;
Und die Festversammlung schrie:
»Ach herrje! Da laufen sie!«
Einsam steht nun obenan
Jener Held aus Marzipan.
Dieses war der sechste Streich,
Doch der letzte folgt sogleich.

# Letzter Streich

Max und Moritz, wehe euch!
Jetzt kommt euer letzter Streich.

Wozu müssen auch die beiden
Löcher in die Säcke schneiden?
War das nötig unbedingt,
Wenn es so viel Unheil bringt?
Staat und Kirche boshaft kitzeln,
Über seinen Fürsten witzeln –
Ja! das geht noch allenfalls,
Doch die Macht des Kapitals!
Diese muß behütet bleiben
Vor verbrecherischem Treiben.

Seht! da trägt der alte Kohn
Einen Sack mit Gold davon!
Aber kaum, daß er von hinnen,
Fängt der Goldstaub an zu rinnen,

Und verwundert steht und spricht er:
»Waih geschrien! Das Ding wird lichter!«
Hei! da sieht er mit Vergnügen
In dem Gold die beiden liegen.

Rabs! – in seinen großen Sack
Schaufelt er das Lumpenpack,
Und zur Münze eilt sein Schritt;
Max und Moritz müssen mit.

»Herr Direktor! He, heran!
Präg' er das, so schnell er kann!«

»Her damit!« Der große Stempel
Statuiert hier ein Exempel.
Eingemengselt in das Gold,
Werden beide aufgerollt,
Breit geschlagen, platt gedrückt,
Abgerundet, eingezwickt,

Und für ihre bösen Taten
Werden sie zu Golddukaten.

Zwanzig Mark ein jeder gilt,
Hier sieht man sie noch im Bild;

Funkelnagelneu geprägt,
Werden beide hingelegt
Auf die Seite. Dies jedoch
Sieht der Militärmoloch,
Der bei Tag und auch bei Nacht
Gierig an der Münze wacht.
Kaum sieht er das neue Geld,
Hat voll Freude er gebellt,
Und mit atemlosen Schnaufen
Kommt er schnell herangelaufen.
Schnuppdiwupp! in seinen Bauch
Rutscht der Max, der Moritz auch;
Von der Welt verschwinden sie.
Und dann hat das wüste Vieh
Sich die Schnauze abgeleckt,
Weil es ihm so gut geschmeckt.

# Schluß

Als man dies im Dorf erfuhr,
War von Trauer keine Spur.
Krupp sprach: »In der ganzen Welt
Kosten die Kanonen Geld;
Immer frisch und munter ran,
Wenn man was erwischen kann!«
Lämpel rief: »Hier kann man sehen
Nur das Gute bleibt bestehen;
Wer das Ideal verspottet,
Wird am besten ausgerottet.«
Und der gute Staatsanwalt
Sagte: »So, nur immer kalt!
Zuchthaus oder Militär,
Eins von beiden kriegt sie her.«
Pfarrer Böck aus Himmelshöhen
Hat vergnügt herabgesehen.
Und der Fürst auf seinem Thron
Sprach: »Jawohl, das kommt davon.«
Selbst der Hofkonditor lachte,
Als man ihm die Nachricht brachte.
– Kurz, im ganzen Ort herum
Ging ein freudiges Gebrumm:
»Gott sei Dank! Man hat sie jetzt,
Die das gute Volk verhetzt!!«

# Nachwort
von Bernhard Gajek

## Das Jubiläum und das Vorbild

Jubiläen sind Denkmale in der Zeit. Wir orientieren uns an ihnen, wenn sie an etwas erinnern, was uns selbst betrifft und was wir kennen.

Wer wollte zugeben, daß er Wilhelm Buschs Bildgeschichte »Max und Moritz« nicht kennte? Sie gehört zu jener Literatur, die man schwer einordnen kann. Ist das Kinderlektüre oder Spaß für Erwachsene? Und warum nahmen und nehmen manche Eltern ihren Kindern das Buch mit den phantastisch-bösartigen und raffinierten Streichen des Bubenpaares aus der Hand? Sollen damit seelische Störungen verhindert oder das Vergnügen auf später verschoben werden? Schaden die eingängigen Verse, die unverwechselbaren Zeichnungen und die lustvolle Bosheit dieser Bildgeschichte erwachsenen Lesern weniger? Der Streit wurde vor Gericht getragen – anhand einer anderen berühmten Geschichte Wilhelm Buschs.

Den »Heiligen Antonius von Padua« hatte Moritz Schauenburg in Lahr verlegt. Am 8. Juli 1870 wurde er vor dem Großherzoglich Badischen Kreis- und Hofgericht Offenburg »wegen einer durch die Presse verübten Herabwürdigung der Religion und wegen Erregung öffentlichen Ärgernisses durch unzüchtige Schriften angeklagt«, im März 1871 jedoch freigesprochen. Das inkriminierte Büchlein blieb in Bayern bis 1895 und in Österreich bis 1902 verboten. Buschs Werke gerieten so in den Wirbel des Kulturkampfs, den Bismarck durch das Verbot des Jesuitenordens am 7. Juli 1872 ausgelöst hatte. Nun galten die kurz zuvor herausgekommenen Satiren auf den Jesuiten »Pater Filucius« und die »Fromme Helene« als Hieb auf die Ultramontanen.[1]

An der Wiege gesungen war all das dem Jubilar nicht, und für die Literatur- oder Weltgeschichte wollte er nicht geboren sein. »Von Shakespeare weiß man recht nichts, ebenso von Homer nicht; Mozarts Grab ist unbekannt. So ist's gerade recht. Das Gute und Bedeutende von ihnen ist in ihren Werken da. Das andere Minderwertige und weniger Liebenswürdige soll verschwinden.« Trifft das zu, was er seinem Neffen gesagt haben soll?[2] Der Anfang war denkbar bescheiden. »Ich wurde geboren 1832 in Wiedensahl. Im Herbst 1847 kam ich auf die Polytechnische in Hannover. Zu Anfang der fünfziger Jahre war ich im Antikensaal in Düsseldorf und in der Antwerpener Malschule. Darauf ging ich nach München, arbeitete für die Fliegenden, zeichnete meine Bilderbogen und machte mit Max u. Moritz den Anfang der längeren Bildergeschichten. Daß sie zunächst gezeichnet und dann erst geschrieben wurden, also die Anschaulichkeit, mag wohl eine von den Ursachen ihrer weiten Verbreitung sein.«[3]

Der Rückblick stammt vom 27. Januar 1902. Sechs Jahre später, am 9. Januar 1908, starb Wilhelm Busch, knapp sechsundsiebzig Jahre alt – berühmt geworden und ein Bei-

---

[1] Carolin Raffelsbauer, in: Dietz-Rüdiger Moser (Hrsg.), Max und Moritz waren Bayern. Wilhelm Busch in seiner Münchner Zeit. Hrsg. in Zusammenarbeit mit Waldemar Fromm, Heinrich Pleticha, Otfried Preußler, Carolin Raffelsbauer und Herbert Rosendorfer. München 2000, S. 89ff. Im folgenden: C. Raffelsbauer. Für den Hinweis danke ich Anna-Maria Diller. – Deutsches Literaturlexikon. Begr. von Wilhelm Kosch. 3. Aufl., Bd. 2, München 1969, Sp. 407.

[2] Wilhelm Busch, Lebenszeugnisse. Aus der Sammlung des Wilhelm-Busch-Museum Hannover. Hrsg. von Herwig Guratzsch. Stuttgart 1987, S. 8. – Im folgenden: Lebenszeugnisse.

[3] Lebenszeugnisse, S. 24.

spiel für den Aufstieg aus dem Unbekannten und für die Rückkehr zu den Anfängen. »So gut wie all meine Sachen sind in der Stille von Wiedensahl entstanden. Seit drei Jahre wohn ich in Mechtshausen am Harz.«[4]

Im niedersächsischen Wiedensahl – einem Hundert-Seelen-Dorf zwischen Loccum und Minden, unweit des Steinhuder Meeres – war er geboren und aufgewachsen. Sechs Geschwister kamen nach ihm zur Welt, und so gaben ihn der Vater – ein kleiner Krämer – und die Mutter zu deren Bruder, dem Bienen züchtenden Dorfpastor Georg Kleine nach Ebergötzen bei Göttingen (seit 1846 Lüthorst). Ob er dort die Lehre von der Erbsünde, vom unentfernbaren Bösen und der täglich drohenden Höllenfahrt aufgenommen hatte? »Das Gute, dieser Satz steht fest / Ist stets das Böse, was man läßt.« So die spätere, sprichwörtlich gewordene Formel. Viele seiner Bildgeschichten beruhen auf der Annahme, daß der Mensch von sich aus böse sei und nur durch härteste Eingriffe zu Vernunft und Einsicht gebracht werden könne – eher ex negativo und durch Zwang als durch den eigenen guten Willen.[5] Derartige Vorstellungen übersetzen die Mechanik als Gesetz von Ursache und Wirkung auf die Moral. Entsprechend schickte der Vater seinen fünfzehnjährigen Ältesten auf das Polytechnicum in Hannover zum Studium des Maschinenbaus, doch das Verlangen zu malen setzte sich durch. In Düsseldorf und Antwerpen lernte er die akademische Malkunst und schaute den Historienmalern und den frühen Niederländern ab, was ihm gut und anziehend schien. 1854 zog er nach München, malte pleinair im Dachauer Moos und fand zu den »Fliegenden Blättern«, die die Holzschneider Kaspar Braun und Friedrich Schneider 1844 gegründet hatten und verlegten. Deren politische Satire war durch die erneuerte

---

[4] A.a.O.
[5] Walter Pape, Wilhelm Busch. In: Literaturlexikon. Autoren und Werke deutscher Sprache. Hrsg. von Walther Killy. Bd.2, Gütersloh/München 1989, S. 333. – Im folgenden: Pape.

Zensur zum launigen und einfallsreichen, doch eher harmlosen Spott über den Spießbürger geworden. Aber für die wöchentlich erscheinende Zeitschrift, die Aktuelles in scharfen Schwarz-weiß-Bildern vor Augen führte und satirisch kommentierte, gab es Autoren, Maler und Publikum genug. Moritz von Schwind, Carl Spitzweg, Adolf Oberländer, Franz von Pocci, Viktor von Scheffel und – gegen Ende des Jahrhunderts – Franz von Stuck und Thomas Theodor Heine waren die klangvollsten Namen. Auch Ludwig Thoma brachte dort – 1893 – eines seiner ersten Gedichte zum Druck.[6]

Daß Wilhelm Busch zu den besten Zeichnern dieser Zeitschrift gehörte, wurde erst später deutlich. Sein »Weg zur Bildergeschichte ist nicht denkbar ohne sein Scheitern als Maler. In München begann 1854 die ›Karriere‹ dieser künstlerischen Doppelbegabung: Für den Künstlerverein ›Jung-München‹ zeichnete er Karikaturen, der Verleger und Holzschneider Kaspar Braun entdeckte ihn dort 1858 für die humoristische Zeitschrift ›Fliegende Blätter‹. 1859 erschienen hier und in den ›Münchner Bilderbogen‹ – ebenfalls bei Braun – seine ersten illustrierten Witze, Karikaturen, Moritaten-Parodien und Bildergeschichten (bis 1871). Obwohl Busch an Vorbilder anknüpfen konnte und das Muster der – meist parodierten – Beispielgeschichten durchschimmerte, entwickelte er einen eigenen Stil der Bildergeschichte, der die Tradition des komischen Epos aufnahm und die Gattung des Comic strip direkt beeinflussen sollte.«[7]

»Kaspar Braun erkannte sogleich die Qualität der Geschichte [von Max und Moritz] und kaufte Wilhelm Busch das Manuskript für 1000 Gulden ab, eine für die damalige Zeit durchaus stattliche Summe,« und brachte es gleich als Buch heraus – »elegant kartonirt und kolorirt Preis 1 fl. 45 kr. oder 1 Thlr. ... Die Bubenstreiche von Max und Mo-

---

[6] Richard Lemp, Ludwig Thoma. Bilder, Dokumente, Materialien zu Leben und Werk. München 1984, Nr. 1632. – Im folgenden: Lemp.
[7] Pape, S. 333. – C. Raffelsbauer, S. 93f. und 96.

ritz fanden jedoch nicht sofort Gefallen beim Publikum, das sie nur zögernd annahm, denn sie standen konträr zu dem Kinderbild in der Kinderbuchtradition des neunzehnten Jahrhunderts.« Aber auch der erwachsene Leser mußte sich umstellen. »Busch wagte es, in Gestalt zweier Lausbuben die Gesellschaft zu ›piesacken‹ und die fragwürdige soziale Ordnung des Bürgertums zu enttarnen. Er offenbart die Kinderseele als vor Bosheit strotzend. Max und Moritz entfalten subversive Energie als Selbstzweck. Ihre Handlungen gehen aus gewöhnlicher Lausbuberei in kriminelle Aktion über, und die beiden haben ihren Spaß daran. Bosheit ist Lebensfreude. Diese Formel ist neu. Sie handeln nach dem Lustprinzip; Strafe folgt nicht mehr als notwendige Konsequenz des Handelns« – anders als in Heinrich Hoffmanns »Struwwelpeter«, der zwanzig Jahre früher in die Öffentlichkeit trat.[8]

1867/68 folgten »Hans Huckebein, der Unglücksrabe« und 1868 »Die kühne Müllerstochter«. Im Jahr darauf verließ er München, mietete ein Atelier in Frankfurt und blieb dort mit Unterbrechungen bis 1872 – angezogen von der Bankiersfamilie Keßler und von den Kronberger Malern, besonders Anton Burger. In Frankfurt fand er zur Philosophie Arthur Schopenhauers, deren radikale Skepsis er sich zu eigen machte. 1876 kehrte er nach München zurück. Die Künstlergesellschaft »Allotria« nahm ihn auf; zu ihr gehörten die Maler Franz von Lenbach und Friedrich von Kaulbach, der Bildhauer und Innenarchitekt Lorenz Gedon, der Schriftsteller Paul Lindau und der Hofkapellmeister und Wagnerdirigent Hermann Levi. Das eigene Atelier schien ihn an München zu binden, aber im Frühjahr 1880 verließ er die Stadt plötzlich und kam nie wieder zurück. Ein in Trunkenheit angerichteter Skandal war der Grund.[9]

Das verschwieg er jedoch. »So lieb mir die Münchner Freunde sind – das Gewurl der Stadt, die Gesellschaften,

---

[8] Pape, S. 333. – C. Raffelsbauer, S. 93f. und 96.
[9] C. Raffelsbauer, S. 7ff.

Kneipereien, das nächtliche Hocken, werden mir zuletzt immer peinlich. Rück ich dann wieder in mein gutes, einsames Wiedensahl, so fühl ich: nur hier ist meine angestammte und angewöhnte Heimstätte – um die mich freilich Wenige beneiden werden. – Was schadt's? Reden nicht meine todten Freunde von den besten Dingen mit mir, wann ich will? Darf ich nicht im Federkleide der Gedanken durch den Schornstein fliegen zu den lebendigen? – oder hie und da auch in gewöhnlichen Civilkleidern per Post und Eisenbahn?«[10]

Das klingt provinziell; doch Busch hatte sich in der europäischen Welt umgesehen und Belgien, Holland, Florenz und Rom ausgiebig besucht. 1898 zog er mit der Schwester ins Pfarrhaus des Neffen Otto Nöldeke nach Mechtshausen im Harz. Dort starb er am 9. Januar 1908.[11]

## Nachbildner und Sendboten im 20. Jahrhundert
### Ludwig Thoma (1867–1921)

Daß der »Simplicissimus« den zum Einsiedler gewordenen Wilhelm Busch immer wieder feierte, beruhte auf der gemeinsamen Skepsis gegenüber dem Fortschritt, auf der Kritik am preußischen, dann wilhelminischen Staat und dessen Bündnis mit Militär, Justiz und Religion. »Dem süßlichen Zopf energisch auf den Leib gehen ... freie Satire, derbe, gesunde Kost. Nicht rohe Kontrastmalerei, die nach süßlicher Sentimentalität schmeckt ... Ich trage das Gefühl in mir, daß unser Werkeltagsleben, und die Äußerlichkeit, die Phrasierung unserer gesellschaftlichen Moral so unendlich viel Humor in sich birgt, daß hier wahre Schätze zu heben wären.« So stellte Ludwig Thoma sich seine Aufgabe beim »Simplicissimus« vor.[12]

---

[10] An Marie Hesse, 18. Januar 1880. Lebenszeugnisse, S. 28.
[11] Pape, S. 332f.
[12] Ludwig Thoma an Albert Langen. München, August 1899. In: Lud-

Ob er dabei an Wilhelm Busch dachte? Er hatte ihn nie persönlich kennengelernt, aber von frühester Kindheit an gekannt. Die Identifikation mit Busch begann mit einem Geschenk der Tante Theres, einer Schwester des Vaters und ein »nicht sehr gut verheiratetes ... stattliches älteres Mädchen«. In den 1917/18 verfaßten »Erinnerungen« schilderte Thoma dies als Einschnitt seiner Kindheit: »Die größte Freude bereitete man mir mit Münchner Bilderbogen, und der Eindruck, den ›Max und Moritz‹ von Wilhelm Busch auf mich machte, war so stark, daß meine besorgte Mutter das Buch in Verwahrung nahm. Nur zuweilen an besonderen Tagen oder zur Belohnung für gutes Betragen durfte ich es anschauen und war schon gleich von der Umschlagzeichnung freudig erregt. Wenn ich heute die zwei Bubenköpfe sehe, überkommt mich noch immer ein stilles Behagen, und sie wirken auf mich wie ein Gruß aus der lieben Kinderzeit. Tante Theres ... war mir dafür besonders lieb.«[13]
So war also der fünf-, sechsjährige Bub im Forsthaus in der Vorderriß, der bayrisch-tirolerischen Grenze, mit dem norddeutschen Satiriker aufgewachsen. »Wie solche Eindrücke haften bleiben, erfuhr ich viele Jahre später ...«[14]
Wilhelm Buschs Tod am 9. Januar 1908 erneuerte diese Eindrücke. Man hatte Thoma, der sich in Rießersee-Garmisch aufhielt, telefonisch unterrichtet. Am selben Tag schrieb er einen »Nachruf«, worin er die Szenen im Elternhaus wachrief: »Da brachte der Herr Oberförster Thoma aus der Stadt einige Münchener Bilderbogen. Für die Kinder, wie er sagte. Es stellte sich aber bald heraus, daß er und seine Jagdgehilfen nicht mindere Freude hatten an diesem Musikus, der seinen Nachbarn zur Verzweiflung brachte, oder am Turner Hoppenstädt, der durch die Decke brach,

wig Thoma, Ein Leben in Briefen. Hrsg. von Anton Keller. München 1963, S. 30f. – Im folgenden: LB.
[13] Ludwig Thoma, Erinnerungen. In: Gesammelte Werke, Bd. 1. München 1968, S. 75f. – Im folgenden: GW.
[14] GW I, S. 76.

oder am Knaben mit dem Pusterohr ... Ein Jahr später lernte ich die Verse, in welche die Taten von Max und Moritz gebracht sind, auswendig, und behielt sie besser im Gedächtnis als sämtliche lateinischen und griechischen Erzeugnisse, welche hinterher meinen Geist zu bilden hatten ... Und so mag es wohl ungezählten Tausenden ergehen. Wann sind aber auch jemals drei Hühner und ein Hahn so wundervoll vom Leben zum Tode gebracht worden? Wann ist ein Schneider schöner auf den Leim gegangen? Und gibt es irgendwo noch einen Kantor, der so anheimelnd gemütlich im Lehnstuhl nach des Tages Mühen die Pfeife anzündet und perdauz! in die Luft fliegt? ... In den späteren Jahren lernte ich die glänzende Satire unseres Altmeisters kennen ...«[15] Von der Nostalgie zur Satire spannte sich also die Erinnerung.

### Thomas Theodor Heine (1867–1948)

Thomas Theodor Heine wurde fünf Wochen nach Ludwig Thoma geboren – am 28. Februar 1867, in einer gründlich verschiedenen sozialen Sphäre. Der Geburtsort Leipzig war der größte Handels- und Messeplatz des Königreichs Sachsen. Der Vater Isaak Heine stammte aus Gandersheim, der alten braunschweigischen Kreisstadt, hatte in Manchester gearbeitet und dort Esther Hesse kennengelernt, deren Eltern aus Bamberg ausgewandert waren. Das junge Paar kehrte nach Leipzig zurück und ließ sich 1865 nach jüdischem Ritus trauen. Den zweiten Sohn nannten sie David Theodor, erzogen ihn aber nicht im jüdischen Glauben. Den Vornamen David ersetzte der Sohn selbst durch Thomas.

Thomas Theodor Heine »fühlt sich, was sein Herkommen angeht, als Sachse und als gesellschaftlich vollkommen assimilierter Jude. Mit ungefähr zwanzig Jahren, als er seine Karriere als Maler beginnt, tritt er zum evangelischen Glauben über, wobei ihm als Freidenker die Religionszugehörigkeit

[15] GW I, S. 604.

nicht viel mehr als eine amtliche Eintragung bedeutet ... Andererseits ist er mit Judenwitzen aufgewachsen, macht auch selbst welche und weiß um die gängigen Vorurteile gegenüber Juden. Daß man sie z.B. für geldgierig hält ... Er unterliegt sogar selbst dieser Verdächtigung. In seinem Umgang aber macht er keinen Unterschied zwischen Juden und Nichtjuden, fühlt sich jedoch in gewissen Stadtteilen von Berlin gestört, wo die jüdische Bevölkerung überhand genommen hat.«[16]

Die Eltern hatten ihn auf die ehrwürdige Leipziger Thomas-Schule geschickt. Aber schon die ersten Zeugnisse waren schlecht. Selbst in Zeichnen und Turnen hatte er eine Vier, entwickelte jedoch die Fähigkeit zu karikieren. Leopold von Sacher-Masoch brachte in den »Leipziger Blättern« Heines boshafte Porträts von jungen Männern aus den begüterten Kreisen. »Die Karikaturen erregen in den Familien der betreffenden Jünglinge ein solches Aufsehen, daß der Herausgeber Sacher-Masoch zur Verantwortung gezogen wird und seinen jungen Zeichner verrät.« So wurde Heine zu Ostern 1884 von der Schule »entlassen«. Immerhin galt Heine als guter Sportler; die Eltern wollten ihn als »gentleman« sehen.[17]

Die Schulmisere hatte er also mit Thoma gemeinsam, die Begabung und Neigung lagen jedoch bei der Bildenden Kunst. Die Anfänge auf der kgl.-preußischen Akademie in Düsseldorf – ab November 1885 – schilderte er in seinen im schwedischen Exil verfaßten Lebensberichten.[18]

Historienmalerei, d.h. menschliche Gestalt, Mimik und

---

[16] Monika Peschken-Eilsberger, Thomas Theodor Heine. Der Herr der roten Bulldogge. Biographie. Hrsg. von Helmut Friedel = Bd. 2 des Katalogs zur Thomas-Theodor-Heine-Ausstellung. München: Lenbachhaus 2000. E. A. Seemann Verlag, Leipzig 2000. S. 9 und 65f. – Im folgenden: Peschken-Eilsberger.
[17] Peschken-Eilsberger, S. 12f., dort auch die Abbildungen, deren Technik den späteren »Simplicissimus«-Zeichnungen erstaunlich ähnelt.
[18] Thomas Theodor Heine, Randbemerkungen zu meinem Leben. In: Uhu. Das neue Monatsmagazin 3, 1926/27, H. 3, Dez. 1926, S. 40. Vgl. Peschken-Eilsberger, S. 17.

Kleidung hätten die Professoren »Mühling« und »Urschleim« ihren Studenten als Ziel der Kunst vorgehalten und von ihnen verlangt, »je eine Schüssel mit Schlagsahne, Eiweißschaum und Seifenschaum so abzumalen, dass die drei Stoffe deutlich zu unterscheiden seien.«

»Um diese Zeit brach vom Lande des Erbfeindes her die Seuche des Naturalismus ins Land. Jeder, der Spuren der Ansteckung zeigte, wurde an der Akademie schutzgeimpft. Die Impfung bestand in einem Vortrag, in dem uns klargemacht wurde, daß Freilichtmalerei für unser regnerisches Klima nicht geeignet sei. Das Ganze sei nur eine tolle französische Modesache. Die Minderwertigkeit der französischen Kunst gehe doch schon daraus hervor, daß nicht einer der französischen Maler es bis zum Professortitel gebracht habe. Als aber sogar die ersten Vorboten des Impressionismus auftauchten, erlag der gute Professor Müller einem Schlaganfall. Von Gewissensbissen gequält, zog ich nach München.«[19]

Die Landschaftsmalerei fand an der dortigen Akademie vor allem im Atelier statt. So zog er aufs Land – nach Lenggries und an den Kochel-, Starnberger und Ammersee. Ab 1889 fand er an München Gefallen: »München – die geistig und künstlerisch regsamste Stadt Deutschlands! Es lebte sich dort leicht und frei, Kunst war nicht wie in Berlin eine Angelegenheit aufeinandergepreßter Zähne und geblähter Nüstern. Jede Woche entstand eine neue Kunstrichtung, brachte neue literarische Versuche, aber alles ein heiteres Spiel ohne den tierischen Ernst der vorgefaßten Meinungen. Ein menschlich-demokratischer Zug allgemeiner Gemütlichkeit erwärmte die Stadt, angefangen bei dem Prinzregenten Luitpold, der ... sich viel mehr für Kunst als für Staatsgeschäfte interessierte, bis herab zu dem einfachen Dienstmann, der im Hofbräuhaus mit hohen Würdenträgern seine Maß Bier und seinen Rettich genoß.«[20]

---

[19] Th. Th. Heine, a. a. O., S. 40.
[20] Thomas Theodor Heine, Wie der Simplicissimus entstand (Aus dem

Was Heine allerdings in München zeichnete und malte, waren eher esoterische, dem Symbolismus verpflichtete, mitunter an Aubrey Beardsley erinnernde Zeichnungen, Gemälde (»Die Hängematte«, 1892), Buchillustrationen zu Hofmannsthal (»Der Kaiser und die Hexe«), Hebbel (»Judith«) oder Thomas Mann (»Wälsungenblut«). Um so erstaunlicher war, wie dringlich Albert Langen ihn zur Mitarbeit an seiner Zeitschrift aufforderte – dem »Simplicissimus«. Gegen den Plan wie den Titel gab es Bedenken – so von Maximilian Harden, dem »routinierten Herausgeber der ›Zukunft‹«[21].

Langen war über Paris nach München gekommen, sechsundzwanzig Jahre alt, und hatte als eine Art Pendant zum französischen Satireblatt »Gil Blas Illustré« eine neue Zeitschrift konzipiert. Seine Fähigkeit, Talente zu erkennen und an sich zu binden, war erstaunlich: Thomas Theodor Heine schlug die Brücke zwischen der Tradition der humoristisch-satirischen »Fliegenden Blätter« und dem politisch-satirischen »Simplicissimus«. Er hatte sich schon in den »Fliegenden Blättern« als geistreicher Satiriker gezeigt.[22]

Neue Ideen brachten die mit Albert Langen gleichaltrigen Bruno Paul, Ferdinand von Reznicek, Eduard Thöny und Wilhelm Schulz. Rudolf Wilke und Olaf Gulbransson kamen wenig später. Heine wurde mit der graphischen Leitung betraut und porträtierte nach und nach alle Kollegen. »In den Räumen von Verlag und Zeitschrift in der Kaulbachstraße 51a ging es in den ersten Jahren oft recht turbulent zu. Die Türen standen offen, neue Mitarbeiter waren herzlich willkommen, vorausgesetzt, sie brachten Ideen mit.«[23]

---

Nachlaß). In: Süddeutsche Zeitung, 14. Jg. Nr. 22, 25./26. Januar 1958. Vgl. Peschken-Eilsberger, S. 20.

[21] Helga Abret, Albert Langen. Ein europäischer Verleger. München 1993, S. 56f. – Im folgenden: Abret.

[22] Robert Lange, Ludwig Thoma und Wilhelm Busch. In: Jahrbuch der Wilhelm-Busch-Gesellschaft 1961/62. Hannover 1963, S. 27f. – Im folgenden: Lange. – Für den Hinweis danke ich Anna-Maria Diller.

[23] Abret, S. 56–63.

Im Dezember 1897 kam ein Kontakt zu Ludwig Thoma zustande: Bruno Paul, der Thomas Erstling »Agricola« illustriert hatte, führte ihn in Langens Künstlerkreis ein; das Café Heck am Odeonsplatz war dessen Stammlokal. Zur Nr. 17 des 3. »Simplicissimus«-Jahrgangs von 1898/99 durfte Thoma eine satirische Szene beisteuern: »Lieber Simplicissimus!«; er unterzeichnete sie als »Iste«. Von da ab bis 1921 wurden es 832 Beiträge. Albert Langen bot Thoma im August 1898 eine ständige Mitarbeit an; im März 1900 übernahm Thoma die Redaktion von Korfiz Holm.[24]

### Die Extra-Nummer des »Simplicissimus« zum 15. April 1902

Nicht Nostalgie, sondern Freude an den satirischen »Weisheiten«, die in zwei Versen Gemeingut der Leser geworden waren, bildeten den Antrieb der »Böse-Buben«-Geschichte, die Thoma mit Thomas Theodor Heine zusammen als »Extra-Nummer« des »Simplicissimus« zu Buschs siebzigstem Geburtstag – zum 15. April 1902 – vorlegte. Sie kostete 40 Pfennig. Die erste Auflage betrug 40.000 Exemplare, noch im April mußten 20.000 nachgedruckt werden. Als Buch erschien die Geschichte 1903 – für 2 Mark.[25]

Für diese »Extra-Nummer« wollte Thoma sogar mit gefälschten Fakten werben lassen – durch Inserate in den Münchner, Augsburger und Berliner Zeitungen: »Sensationeller Erfolg!! 60 000 Buschnummern ... in 3 Tagen total vergriffen! Neue Auflage von 30 000 in Druck.«

Der Verlag Langen inserierte jedoch nur im Börsenblatt

---

[24] Lemp, S. 18 und 214–234. Dort, S. 70–77, aufschlußreiche Fotos zur Frühgeschichte des »Simplicissimus«.

[25] Andreas Pöllinger (Hrsg.), Der Briefwechsel zwischen Ludwig Thoma und Albert Langen 1899–1908. Teil 1,2. hier: Teil 2, S. 730. – Im folgenden: Pöllinger. – Lange, S. 26. – Lemp, Nr. 1166 und 352.

für den Deutschen Buchhandel mit einem Hinweis auf den Erfolg der Extra-Nummer: »Vergriffen!«.[26]

Thoma hielt sich damals bei Albert Langen in Paris auf. Das Honorar gab er so großzügig an die Damen des Bois de Boulogne weiter, daß er aus München Vorschuß erbitten mußte.[27]

Das ganze war aber ein Einfall Albert Langens, des ins Ausland geflohenen Verlegers. Thoma nahm ihn begeistert auf. »Die Idee mit der Busch-Nummer gefällt mir gut; wenn Heine will, kann sie fein werden. Ich glaube, daß ich zB. über die Kunstukase S. M. im Buschstil à la ›fromme Helene‹ ein lustiges Ding zusammenbrächte, auch à la Max und Moritz ließe sich ein derber Ulk machen. ZB. Die Unthaten eines Staatsumwälzers in so und so vielen Streichen. Aus Balduin Bählamm ließe sich gegen unsere Literaturgrößen was schnitzen usw. Denken Sie sich zwei bekannte Politiker z.B. [Eugen] Richter und [August] Bebel als Max und Moritz. Wenn die BuschNo nicht zusammen ginge, könnten oder müssen wir jedenfalls die reguläre No auf Busch zustutzen.«[28]

Des Verlegers Anregung fiel also auf vorbereiteten Boden, und Thoma bezog Thomas Theodor Heine und die Honoraransprüche gleich mit ein. Langen habe für Extra-Nummern ihm, dem Zeichner Heine und dem Geschäftsführer Reinhold Geheeb bei den Extra-Nummern »von einem bestimmten Profit an 50%« Anteil versprochen. »Es wäre für die BuschNo und Heines Geneigtheit vielleicht gut, wenn Sie es gleich thäten. Heine liebt Ordnung und Klarheit.«[29]

Bereits am 16. März 1902 hatte Th. Th. Heine von Tho-

---

[26] Pöllinger II, S. 739.
[27] LB, S. 116, und Pöllinger II, S. 738.
[28] Pöllinger I, S. 327. Zu »Kunstukase S. M.« vgl. die Erläuterung zum Zweiten Streich.
[29] Ludwig Thoma an Albert Langen. Berlin, 11. Februar 1902. Pöllinger I, S. 327. Langen lud Thoma und Heine nach Zürich ein, und dort wurde alles fest abgesprochen.

ma, der sich wieder bei Langen in Paris aufhielt, die Streiche eins bis sechs erhalten und schrieb ihm: »›Hoffentlich bleibe ich nicht dahinter zurück‹ ... Größere Probleme bereitete das (gereimte) Vorwort. Am 28. März 1902 bedankte sich Heine bei Thoma dafür, monierte aber: ›Es ist mir zu neutral, zu allgemein, zu wenig Handlung darin. Ich vermisse auch ganz die Andeutung dass die beiden nun erwachsen und Redakteur und Maler geworden sind was doch nöthig war. Die philosophische Idee am Anfang ist ohne fortschreitenden Gedanken zu weit ausgesponnen und ich möchte einige Verse davon streichen. Meinen Namen dabei zu nennen geht mir so gegen das Gefühl dass ich den letzten Vers unbedingt weglassen möchte. Ich hätte gern gehabt dass Max und Moritz etwas in direkter Rede vorbringen. Vielleicht ihm gratulieren und dem danken dass er sie in die Welt gesetzt und ihm auch dafür den Dank des deutschen Volkes aussprechen. Sie erzählen ihm dass sie Redakteur (Moritz) und Maler (Max) geworden sind und neue Streiche begangen haben.‹ Diese und weitere Vorschläge wie die Hinzunahme der frommen Helene, die einen Engel mitführt, der den Teufel in den Schwanz beißt, griff Thoma auf und straffte sie zu einem griffigen Text.«[30]

Thomas Theodor Heine ging es also um einen werbekräftigen Aufmachertext, und Thoma brachte ihn tatsächlich auf Wilhelm Buschs Niveau. Heines Zeichnungen sah Thoma jedoch erst, als sie gedruckt waren.[31]

### »Max ist Maler, Moritz Dichter«

Mit Thoma und Heine vereinigten sich also zwei Künstler, die so erfindungsreich wie ihre Vorbilder sein wollten. »Heine schlägt die Brücke zwischen der Tradition der humoristisch-satirischen ›Fliegenden Blätter‹ und dem poli-

---

[30] Pöllinger II, S. 730f.
[31] Pöllinger II, S. 739.

tisch-satirischen ›Simplicissimus‹. Vor der Gründung des Blattes, 1896, hatte sich Heine zu Beginn der neunziger Jahre schon in den ›Fliegenden Blättern‹ als geistreicher Satiriker gezeigt. Er verbindet die auch von Wilhelm Busch in zwölfjähriger Arbeit (1859–1871) mitbestimmte Geisteswelt der ›Fliegenden‹ mit derjenigen Ludwig Thomas und seiner Zeichnerkollegen im ›Simplicissimus‹«.[32]

Die »Extra-Nummer« Max und Moritz erschien am 15. April 1902, dem siebzigstem Geburtstag Wilhelm Buschs. Vermutlich wurde sie ihm sofort nach Mechtshausen am Harz geschickt. Dorthin war Busch 1898 mit der Schwester übersiedelt – zum Neffen Pastor Otto Nöldeke. Sechs Jahre später veröffentlichte er »Zu guter Letzt« – hundert Gedichte; im Jahr darauf übergab er dem Neffen die Vers- und Bilder-Sammlung »Hernach« zur postumen Veröffentlichung. Busch starb am 9. Januar 1908 in Mechtshausen an Herzschwäche. Noch im Todesjahr wurde zum ersten Mal ein Teil seines malerischen Werkes ausgestellt. Paul Klee vermerkte in seinem Tagebuch: » ... ein wohlorientierter Europäer.«[33]

## Die sechs Streiche

Dem entsprachen wohl auch die sechs Streiche, die in der »Simplicissimus« Extra-Nummer vom 15. April 1902 vorgeführt wurden. Daß das Heft 40 Pfennig kostete und die Erstauflage von 40 000 rasch um 20 000 aufgestockt werden mußte, sagten wir schon.[34]

Die neuen Akteure und deren Abbilder sind mit Absicht an Wilhelm Buschs Erfindungen angelehnt – anders als bei Busch kaum schraffiert, dafür jedoch – wie oft auch bei

---

[32] Lange, S. 27f.
[33] Lebenszeugnisse, S. 182.
[34] Pöllinger II, S. 730.

Busch – koloriert, freilich in einfachster, monochromer Füllung der Kontur. Die gereimten Texte folgen ebenfalls dem Stil des Altmeisters und sind ein wesentliches Mittel der Huldigung: Vierhebige Trochäen, teils paarig, teils wechselnd gereimt – eingängig, ja süffig für jeden, der liest. Daß man bald anfängt, laut zu lesen, kennt man von der eigenen Busch-Lektüre. Vieles behält der Leser, weil er immer wieder nach diesen Versen greift, sie ohne Mühe auswendig behält und nicht selten fröhlich zitiert – der Kenntnis und Reaktion der Hörer gewiß. Busch ist bis heute Bildungsgut und Quelle einleuchtender Sentenzen.

Schon das Vorwort profitiert davon. Die von Heine geistvoll und leserbezogen formulierten Anregungen hat Thoma in Busch ebenbürtige Verse gebracht; sie nehmen das Vorbild immer wieder wörtlich auf. Wie bei Busch ist fast jede Zeile eine syntaktische Einheit. Die achtundzwanzig Reimpaare stellen die Themenworte meist an den Schluß; so prägen sich die Verse wie Sentenzen ein: »Max ist Maler, Moritz Dichter, / Aber beide Bösewichter.« Und der Schluß faßt alles im krönenden Akkord zusammen: »Dies wird die Geschichte lehren, / Welche Wilhelm Busch zu Ehren / Und der Menschheit zum Genuß / Schrieb der Simplicissimus«.

Die Themen waren den Autoren, den Künstlern und den Lesern des »Simplicissimus« geläufig: Das Bündnis von Staat und Großindustrie mit Militär, Justiz und Kirche.

### *Erster Streich: »Onkel Krupp aus Essen«*

Der »Erste Streich« scheint wie in Buschs Geschichte vom »Federvieh« zu handeln, aber es ist ein in Europa heraldisch verbreiteter Vogel gemeint – der Adler als Emblem auf hohen Orden, den Leute wie »Onkel Krupp aus Essen« zusätzlich zu dem »Profit« und ihrer »Gesinnung wegen« sich ins »Knopfloch legen« – so wie die Hennen der Witwe Bolte die Eier ins Nest. »Onkel Krupp« denkt und lenkt europaweit: »er rupft der Adler zwei / Und auch einen Hahn dabei.« Gemeint ist der 1854 geborene Friedrich Alfred Krupp, der Sohn des Firmengründers. Er hatte nach dem Tod des Vaters (1887) die Leitung der Fabriken übernommen und sie zu einer der größten Waffenfabriken Europas gemacht. 1902 erwarb er die Kieler Germania-Werft. »Begünstigt durch die Tirpitzsche Flottenpolitik, erwirtschaftete das Unternehmen einen Großteil seiner Umsätze mit der Produktion von Kriegsschiffen. Krupp war mit Wilhelm II. befreundet und gehörte 1893–98 dem Reichstag an.«[35]

Er repräsentierte wie kaum ein anderer die deutsche Rüstungsindustrie. Daß er auch die ehemals französisch-lothringischen Minettgruben übernommen hatte und mit dem zaristischen Rußland Geschäfte machte, mag die Zeichnung eines (gallischen?) Hahnes und zweier Adler angeregt haben. Der doppelköpfige Adler ist hier nicht als Habsburger, sondern als das »Petersburger Vieh« bezeichnet. Er war russisches Wappentier geworden, nachdem Byzanz/Konstantinopel 1453 an die Türken gefallen war. Die zusätzliche Aufnahme des byzantinischen Wappentieres in das russische Wappen hielt den Anspruch auf das verlorene Territorium fest. 1991 führte Boris Jelzin den Doppeladler als offizielles russisches Wappen wieder ein.[36]

Zeichnung, Torheit und Schicksal von »Europas Federvieh« gleicht dem von Witwe Boltes Hühnern. Deren dürftiger Status unterstreicht nun das lächerliche Ende der »großen Tiere«. Daß hier wie dort von »vieler Müh' / Mit Europas Federvieh« gesprochen wird, deutet wohl auf die außenpolitischen Probleme, die Wilhelm II. nach Bismarcks Entlassung sich eingehandelt hatte und die er durch eine die Nachbarn provozierende Aufrüstung – vor allem der Flotte – ständig vergrößerte. Wilhelms II. und Tirpitzens Flottengesetze hatte der »Simplicissimus« immer wieder aufgegriffen. Daß

---

[35] Deutsche Biographische Enzyklopädie. Hrsg. von Walther Killy † und Rudolf Vierhaus. München 1997/2001. Bd. 6, S. 131.
[36] Für freundliche Auskunft danke ich Erwin Wedel.

Friedrich Alfred Krupp, längst zum Träger einer industriellen Großmacht geworden und als solcher vielfach dekoriert, noch im Jahr der »Extra-Nummer Wilhelm Busch« (am 22. November 1902) starb, änderte daran nichts.

Zur Literar- und Quellengeschichte sei Otto Felix Volkmanns schon 1910 gemachte Entdeckung angeführt: Die Szene mit den Hühnern, die sich um die an Fäden gebundenen Brocken streiten, hatte Wilhelm Busch aus dem Volksbuch »Von Ulenspiegel« von 1571; er kannte es durch Karl Simrocks Ausgabe.[37]

In der »achten Histori« rächt Eulenspiegel sich an dem »kargen buren«, der ihn mit dem Stock geschlagen hatte: Er füttert drei Hühner und einen Hahn mit über Kreuz angebundenen Brocken. »Und würgten sich da unb das Brodt, / Daß jn gar nah schier ward zum Todt.« Der Schwank ist durch einen entsprechenden Holzschnitt illustriert. Busch machte also aus dem Schelmen Eulenspiegel die beiden Lausbuben Max und Moritz. Auch die dem Schneider Böck (und bei Heine/Thoma dem Staatsanwalt) zum Verhängnis werdende angesägte Brücke stammt aus dem alten Schwankbuch. In Nürnberg wurde Eulenspiegel von der Obrigkeit verfolgt. »Dort bricht er bei Nacht von dem Steg über die Pegnitz drei Bretter weg, macht darauf ein großes Geschrei und bewirkt, daß die ihm folgenden Häscher ins Wasser fallen.«[38]

*Zweiter Streich: Lehrer Lämpel*
*und die Berliner Siegesallee*

Viel weiter von Buschs Witwe-Bolte-Kapiteln entfernt sich, was Thoma und Heine als »Zweiten Streich« aushecken. Lehrer Lämpel ist zum Exempel nationalbewußter Kunstrezeption und zum Praeceptor Germaniae für seine Schüler

---

[37] Bd. 1ff., Berlin, dann Frankfurt a. M. 1839ff.
[38] C. Raffelsbauer, S. 11f.

und damit für die lern- und nachahmungsfreudigen Deutschen geworden. Die Einzelheiten, die Busch Lämpels Vita zugewiesen hatte, übernahmen Heine und Thoma für ihren »Dritten Streich« mit dem Staatsanwalt.

Im zweiten geht es um das deutsche Ideal, wie es eine Germania-Büste vor Augen führt; sie ist national und volkserzieherisch definiert und wird entsprechend gefeiert. Das Idealbild ist so lebendig, daß es durch einen kindischen Einfall zerstört werden kann: reichlich Niespulver in beide Nasenlöcher gestopft, bringt die strohgefüllte Büste zu einem selbstzerstörerischen Niesen – so wie Buschs Lehrer Lämpel durch das Schießpulver in der Pfeife zu Boden geworfen wurde. (Auch der »Lausbub« wird eine Statue – die des hl. Aloysius – demolieren).

Daß Thoma und Heine auf Wilhelm II. und dessen diktatorische Äußerungen über Kunst zielten, ist klar. Des Kaisers »Kunstukase« – Thoma gebrauchte das Wort in dem angeführten Brief an Albert Langen – meinte die ex cathedra gesprochenen, den russischen »Ukassen« (Zaren-Erlassen) nachgebildeten Definitionen von Kunst – waren ohne Verständnis für das, was sich vor und nach der Jahrhundertwende in Deutschland und Europa entwickelt hatte. Dem »Simplicissimus« konnte es nur recht sein; denn gerade hier fand er ergiebigen Stoff. Der Kaiser glaubte kraft seines Amtes sich in alle kulturellen und künstlerischen Bereiche maßgebend und richtungsweisend einmischen zu sollen. Berühmt und berüchtigt war seine im Jahr zuvor – 1901 – gemachte Rede geworden: »Eine Kunst, die sich über die von Mir bezeichneten Gesetze und Schranken hinwegsetzt, ist keine Kunst mehr, sie ist Fabrikarbeit.« Lämpels Belehrungen bringen des Kaisers Ansichten fast wörtlich in Verse: »Allemal / Ist es doch das Ideal, / Welches uns in diesem Leben / Trösten kann und hoch erheben ... Daß man in die Höhe fliegt, / Und nicht in der Gosse liegt. / Legt in eure Brust den Keim.« So war es in des Kaisers Rede zu hören, mit der er am 18. Dezember 1901 im Berliner Schloß Künstler belehrte, die die Denkmäler in der Siegesallee im Tiergarten gefertigt hatten. Reinhold Begas, Oberhaupt des Berliner Neo-Barock, oblag die künstlerische Oberleitung. Gestalten aus der preußischen und deutschen Geschichte ließ er mit historischen Figuren und allegorischem Beiwerk überlebensgroß errichten. Er selbst steuerte das Monument für Kaiser Wilhelm I. bei.

Dessen Enkel Wilhelm II. hatte bei der genannten Einweihung verkündet: »Die Kunst soll mithelfen, erzieherisch auf das Volk einzuwirken, sie soll auch den unteren Ständen nach harter Mühe und Arbeit die Möglichkeit geben, sich an den Idealen wieder aufzurichten. Uns, dem deutschen Volke, sind die großen Ideale zu dauernden Gütern geworden, während sie anderen Völkern mehr oder weniger verloren gegangen sind. Es bleibt nur das deutsche Volk übrig, das an erster Stelle berufen ist, diese großen Ideale zu hüten, zu pflegen, fortzusetzen, und zu diesen Idealen gehört, daß wir den arbeitenden, sich abmühenden Klassen die Möglichkeit geben, sich an dem Schönen zu erheben und sich aus ihren sonstigen Gedankenkreisen heraus- und emporzuarbeiten.«[39]

Fünf Jahre später las Thoma die Sammlung »Die Reden Kaiser Wilhelms II.« während der Stadelheimer Haft und rezensierte sie bissig in der ersten Nummer des »März«, der neuen, von ihm, Hermann Hesse und Kurt Aram gegründeten Zeitschrift.[40]

Von seinen Kunstansichten war Wilhelm II. nicht abzubringen. So blieb er in der Kritik. Noch im Jahre 1914 rückte Thomas Theodor Heine unter der Überschrift »Allerhöchste Kritik« eine Zeichnung ein: Der Kaiser – in einer seiner beliebten Uniformen (hier den Ulanen abgeschaut) – fragt einen durch Malerkittel, Palette und Pinsel charakterisierten Künstler (Franz von Lenbach, der den in Ungna-

---

[39] Gedruckt in der Sammlung von Johannes Penzler, Die Reden Kaiser Wilhelms II. Bd. I–III, Stuttgart 1906 ff., hier Bd. III, S. 57–63. Thoma dürfte den Wortlaut schon 1901/02 der Tagespresse entnommen haben.
[40] März I, 1907, S. 48–60. GW I, S. 481–497.

de gefallenen Bismarck immer wieder porträtiert hatte?): »Wie kommt es, daß ihr deutschen Maler so schwer malen lernt?« Die Antwort des Malers ist ebenso launig wie ironisch und vernichtend – und hält sich in dieser Mischung in Wilhelm Buschs wie des »Simplicissimus« Haupt-Tonart: »Das kommt daher, Majestät, daß in der Kunst das Genie nicht so erblich ist wie auf dem Thron!«[41]

Allerdings machte der »Simplicissimus« vor und nach dem Ersten Weltkrieg sich seinerseits über Expressionismus und Futurismus lustig.

## Dritter Streich: Der Staatsanwalt

Auch hier wird die Vorlage übertragen: Aus Schneider Böck, den »jedermann im Dorfe kannte«, wird der, »der Staatsanwalt sich nannte«. Böck ist als Meister seines Handwerks unentbehrlich und unermüdlich und als leutseliger Mitbürger jedermanns Freund. Daß Max und Moritz gerade das zum Anlaß einer Attacke nehmen, gehört zu dem Geheimnis, das Wilhelm Busch mit diesen lustvoll-bösen Charakteren illustriert.

Umgekehrt hatten die »Simplicissimus«-Autoren und Künstler unter den Repräsentanten des Gemeinwesens und des Gesetzes zu leiden. Vertreten durch Staatsanwälte wehrte sich der wilhelminische Staat gegen Beleidigungen, die seinen Organen, Spitzen oder Souveränen scheinbar angetan wurden. Das Verfahren gegen die »Palästina«-Nummer des »Simplicissimus« wurde ebenso folgenreich wie berühmt. Die Nummer 31 des 3. Jahrgangs hatte am 23. Oktober 1898 sich über Wilhelms II. Orientreise lustig gemacht – mit einer Zeichnung Thomas Theodor Heines

---

[41] »Simplicissimus«, Jg. 19, Nr. 10, S. 149, Titelseite. Abb. in: Simplicissimus. Eine satirische Zeitschrift. München 1896–1944. Katalog der Ausstellung im Haus er Kunst München. 19. November 1977 bis 15. Januar 1978, S. 155.

und einem langen, zweifellos bissigen Gedicht; das Pseudonym »Hieronymus« stand für Frank Wedekind. Die Nummer wurde beschlagnahmt. Ein Staatsanwalt aus Leipzig – wo das Blatt gedruckt wurde – visitierte die Verlagsräume und fand Wedekinds Manuskript. Der Dichter und der Maler wurden zu Gefängnis oder Festungshaft verurteilt. Der Verleger Albert Langen entzog sich einem Prozeß und mußte sich bis Ende April 1903 im Ausland aufhalten.

Auch Ludwig Thoma hatte wiederholt Anklagen wegen Beleidigung zu bestehen. Am 15. Dezember 1904 erstattete der Evangelische Oberkirchenrat in Berlin Strafanzeige gegen den Autor eines Gedichts, das der »Simplicissimus« am 25. Oktober 1904 gebracht hatte. Es galt den »Sittlichkeitspredigern in Köln am Rheine« und war mit »Peter Schlemihl« gezeichnet – ein Pseudonym, das längst – und zu des Autors Befriedigung – entschlüsselt war. Das zuständige Landgericht Stuttgart verurteilte Thoma zu sechs Wochen Gefängnis – ungeachtet der die Öffentlichkeit beeindruckenden Verteidiger- und Gutachtertätigkeit Max Bernsteins und Ludwig Ganghofers. Thoma saß die Strafe ab – vom 27. September bis 27. Oktober 1906 in der Zelle 71, der Prominentenzelle, die später Kurt Eisner, dessen Mörder Graf Arco, Adolf Hitler, Erhard Auer und Erwein von Aretin aufnahm. 1934 wurde Ernst Röhm darin erschossen. In der Stadelheimer Haft begann Thoma seine berühmteste Komödie »Moral«.[42]

Die Ironie der Geschichte besteht darin, daß Thoma während der juristischen Ausbildung (1893/94) mehrfach wegen seiner »eindrucksvollen« Plädoyers gelobt und als »geeignet zum Amte eines Staatsanwaltes« bezeichnet worden war.

Im Frühjahr 1901 schien das vergessen, und der Prozeß um die Verse gegen die Pastoren vom Sittlichkeitsverein war noch nicht am Horizont. Der Staatsanwalt verkörperte die Unterdrückung der Kunstfreiheit schlechthin, und

---

[42] Lemp, S. 99–103. – Otto Gritschneder, Angeklagter Ludwig Thoma. München ²1992, S. 113–130.

dies überschattete viele Redaktionskonferenzen. Freilich versuchte der »Simplicissimus« jede Beanstandung publizistisch auszuschlachten. Doch Thomas Theodor Heine und Frank Wedekind waren gebrannte Kinder, die dann lieber namenlos als pseudonym drucken ließen.

Der Staatsanwalt galt also als Bösewicht, mindestens als ständiger möglicher Feind. Insofern war die Motivation der Wilhelm-Busch-Gratulanten verständlicher als die der originalen Lausbuben, die lediglich darauf rechneten, daß der für alle nützliche Schneidermeister Böck die Verspottung seines Namens nicht ertrug. Die Rache des Malers Max und des Dichters Moritz glich den Vorbildern. So sind vier von Heines sechs Zeichnungen nichts anders als Kopien nach Busch – ohne die Schraffur. Die Rettung bringt jedoch nicht ein »Gänsepaar«, sondern ein Adler. Aber eigentlich heroisch endet die Geschichte nicht. Der wütend dreinblickende Vorkämpfer für die bestehende Ordnung beugt sich am Schluß bis zum Boden vor dem »Landesherrn«, der ihm einen riesigen Adler am Ordensband überreicht. »Jetzt verstummten alle Tadler, / Denn der große Rettungsadler / Ward ihm voller Huld geschenkt / Und in Gnaden umgehängt.« Daß der Adler so schwarz ist wie die Robe des Staatsanwalts oder die über die Knie hochreichenden Stulpenstiefeln des »Landesherrn«, läßt an den (ranghohen) Preußischen Adlerorden denken, der freilich in einem sechszackigen Kreuz bestand. Wie der »Hausorden Emils des Gütigen« aussehen sollte, den Fritz Beermann als Präsident des Sittlichkeitsvereins im Herzogtum Gerolstein am Ende von Thomas Komödie »Moral« bekommen soll, bleibt dem Zuschauer überlassen.[43]

---

[43] Ludwig Thoma, Moral. Komödie in drei Akten. Textrevision und Nachwort von Bernhard Gajek. München 1983. SP 297, S. 80.

## Exkurs: Thomas Theodor Heine
## und der nationalsozialistische Staatsanwalt

Thomas Theodor Heine bekam die Gewalt staatlicher Rechtsverordnungen elementarer als Thoma und dreißig Jahre später zu spüren. Bis Ende 1932 hatte der »Simplicissimus« das Aufkommen der Nationalsozialisten immer wieder und entschlossen als schweren Schaden für Deutschland angeprangert. Karl Arnolds und Thomas Theodor Heines Hitler-Karikaturen wirken auch heute noch hellsichtig und erstaunlich kühn. Die Titelzeichnung Heines für die Nr. 26 des 35. Jahrgangs – 22. September 1930 – war überschrieben »Die Jagd nach dem Glück«. Sie zeigte Hitler, sich selbst bekränzend und auf einem mit dem Hakenkreuz versehenen Rad leichtfüßig über einen schmalen Steg fliegend, hinter ihm sechs Uniformierte, die mit steil gerecktem Arm und wild erhobenen Köpfen ihm hinterher laufen und einen Juden – mit Heines Zügen – zertrampeln. Zum Jahreswechsel 1932/33 steuerte Heine eine Szene »Aus Schwarzschilds Tagebuch« bei: ein Putto, das Schild 1933 über der Schulter, stößt mit einem auf der Punschbowle sitzenden, halb abgemagerten, halb überdimensionierten Gespenst auf das kommende Jahr an: »Die Krise begrüßt das neue Jahr. Wird es ihr Tod sein?«[44]

Am 16. März 1933 wurde der »Simplicissimus« verboten. Eine Woche später beschloß der Aufsichtsrat: »Das Blatt ›Simplicissimus‹ soll künftig in streng nationalem Geist verwaltet und geführt werden. Jede Verächtlichmachung oder Verhöhnung sowie Karikatur der mit der heutigen Bewegung in irgendwelchem Zusammenhang stehenden Faktoren wird künftig auf das strengste vermieden werden.« Heine unterschrieb nicht nur das, sondern auch eine erzwungene Rücktrittserklärung. Am 3. April 1933 genehmigte der Gauleiter Julius Streicher die Fortführung des Blattes.

[44] Peschken-Eilsberger, S. 110.

Thomas Theodor Heine mußte also ungleich bedrohlichere Erfahrungen mit der staatlichen Justiz und Zensur machen als damals 1896 und im ganzen Wilhelminischen Reich. Daß er schon Anfang April 1993 nach Hamburg und Berlin und dann nach Prag, Brünn und Oslo nach Stockholm fliehen konnte, rettete ihm das Leben.[45]

*Vierter Streich: Pfarrer Böck und Köchin Babette*

Für die Geschichte vom Pfarrer Böck übernahm Thoma den Namen des Schneidermeisters aus Buschs drittem Streich. Die Aura der Frömmigkeit weist auf den an Sonntagen »mit Gefühle« die Orgel spielenden Lehrer Lämpel; aus dem protestantischen Kantor macht Thoma einen katholischen, namenlosen Priester. Ihm wird die notorische Köchin Babette beigesellt. Beide sind weder mager noch asketisch noch dem Tabak ergeben, sondern auf die »leiblichen Genüsse« aus, die »des Leibes Kraft / Für die Frömmigkeit verschafft.«

Damit ist Thoma auf sein ureigenstes Terrain gerückt – Hohn und Spott auf das, was Gott »selber einst gestiftet ... die Religion« (mit dem unausgesprochenen Ziel, sie zu reinigen). Dem paßte Heine, der protestantische Freidenker, seine Zeichnungen an: die scheinheilige Gebetspose und die Leibesfülle des unheiligen Paares, der »mit Behagen« tafelnde Pfarrer und die hingebungs- und lustvoll kochende und auftragende Babette, die ihren Lohn bekommen soll. »Nach dem Essen ist die Zeit, / Wo sich regt die Zärtlichkeit.« Die Anfälligkeit des katholischen Klerikers für fleischliche Sünden und die kaum verdeckte Nähe zu der Frau, die das ländliche Pfarrhaus versorgt, wurden im »Simplicissimus« immer wieder genüßlich aufgegriffen. »Das neue Motu proprio« hieß eine ganzseitige Zeichnung Eduard Thönys: ein leutseliger Geistlicher fragt seine vor ihm und einem Himmelbett stehende Köchin: »Ja, Kathl, was tean ma denn

---

[45] Peschken-Eilsberger, S. 110–147.

jetzt, wenn ma nimmer unter oan´ Dach schlaffa derfa?« – »Ja, schraub´n ma halt ´s Dach weg, Hochwürden!«[46]

Die Angriffe galten nicht nur dem Zölibat, sondern dem Zentrum, dessen Infrastruktur sich nicht selten auf die ländlichen Pfarrhäuser stützte. Thomas Filserbriefe wären ohne diese Zielscheibe nicht geschrieben worden, und der vom Dorfpfarrer ins Parlament geschickte Bauer ist ein nicht allzuweit entfernter, älterer Verwandter der Lausbuben, die hier als Max und Moritz agieren und im »Lausbub« Ludwig Thomas autobiographisch konzentriert wurden. Daß Filser der Pfarrersköchin eine erstaunliche Aufmerksamkeit widmet, verstärkte die topische Polemik.

Das rabulistisch, »im Vertrauen auf Gott« praktizierte Laster der Völlerei steigert sich im »Vierten Streich« zu der Scheinheiligkeit, auf diese Weise »mit der Zeit / Zum Geruch der Heiligkeit« zu kommen, und damit ist erneut die Provokation bezeichnet, die Max und Moritz zu Kämpfern für Wahrhaftigkeit machen soll. Daß sie sich einer »Rolle / Präparierter Schießbaumwolle« bedienen, gehört nicht nur zu dem allgemeinen, sich moralisch verstehenden Anarchismus, sondern mit zu der Aktion gegen den Lehrer Lämpel aus Buschs viertem Streich: »Aber Moritz aus der Tasche / Zieht die Flintenpulverflasche.« Auch der »Lausbub« Ludwig hat ein »Paket Pulver« und eine Zündschnur zur Hand, wenn der Papagei der Tante Frieda entblättert oder das Schiff des »vornehmen Knaben« in die Luft gejagt werden soll.

Hier wird die tödliche Attacke als Strafgericht über das sündige Paar inszeniert. Den bübischen Akteuren geht es freilich nicht um die Einhaltung des Zölibats, sondern um dessen Destruktion. Doch der schreckliche Tod ist – durchaus orthodox – der Durchgang zum Himmel: »Als der

---

[46] Simplicissimus. Bilder aus dem »Simplicissimus«. Hrsg. von Herbert Reinoß unter Verwendung einer Auswahl von Rolf Hochhuth. Birsfelden-Basel 1970, S. 105.

Dampf sich wegbegeben, / Sah man ihre Seelen schweben, / Hoch hinauf zum Himmel fliegen.« Die Satire schwankt also zwischen den Bewertungen hin und her. Max und Moritz haben den Vielgeschmähten eben zu dem verholfen, was sie einschreiten ließ – zum »Geruch der Heiligkeit«. – Die vorausgehende Explosion ist hier das einzige Bildmotiv, das Heine aus Buschs Lehrer-Lämpel-Geschichte übernahm – fast strichgetreu. Die anderen Bilder illustrieren den Text eigenständig.

### Fünfter Streich: Stiche als Majestätsbeleidigung

Thoma macht aus Onkel Fritz, dem freundlich-tyrannischen Familienpatriarchen, einen halb zeitgenössischen, halb altertümlichen, namenlosen »Serenissimum«, der schon dem Staatsanwalt den »großen Rettungsadler« überreichte und den man »Jetzt noch, wie im Altertum«, ehrt: »Morgens, mittags, abends auch / Kriegt [Kriecht] vor ihm man auf dem Bauch.« Entsprechend archaisch und primitiv ist die Strafaktion. Sie schließt sich auch hier nicht an konkrete Anlässe an. Das Dasein eines so antiquierten, sich absolut verstehenden Staatsoberhauptes ist für eine Rebellion und einen Staatsstreich Grund genug.

Die Einzelheiten nahmen Thoma und Heine nicht nur aus der Geschichte von Onkel Fritz. Aus der nächtlichen Maikäferplage, die der Onkel souverän übersteht, wird ein weit schwierigerer zu bekämpfender Überfall durch Bienen, und sie werden – auf andere Weise planvoll – zu der schmerzhaften Aktion gelockt. Eine von Buschs längsten Bildgeschichten hat die Vorlage geliefert: «Schnurrdibur oder Die Bienen« (1896). Für zehn Kapitel wird »Imker Dralles Bienenhaus« zum Ausgangspunkt eines kleinen Welttheaters. Die Bienen nützen Dralles Müdigkeit und folgen ihrer Königin: »Auf, Kinder! Schnürt die Bündel zu! / Er schnarcht, der alte Staatsfilou! / Nennt sich gar noch Bienenvater! / Ein schöner Vater! Sagt, was tat er? / Und wozu taugt er?« Im siebten Kapitel versucht der Knabe Eugen, den Honig »ganz verstohlen / Aus Dralles Körben sich zu holen«, wird aber »Vom Kopf herab bis zu den Zeh'n« von den zornigen Tieren schmerzhaft bedeckt. Auch »Die kleinen Honigdiebe« aus den »Münchner Bilderbogen« von 1858 gehören zu den Vorläufern.[47]

Busch entlehnte viele Motive aus der Tierwelt, wie sie in Fabeln, Märchen und Sagen phantastisch ausgestaltet ist. »Die Tiere sind nicht mehr und nicht weniger als die Verkörperung all der bunten Zufälligkeiten des Lebens, die die Spießerfiguren irritieren. Sie sind unberechenbar und boshaft, aber im nächsten Augenblick auch treuherzig, voll unbändiger Lebensfreude und unstillbaren Tätigkeitsdranges. Durch die Tierbilder, die meist zur Verniedlichung reizen, hielt Busch dem biedermeierlichen Publikum und der spießigen Bevölkerung seiner Zeit einen Spiegel vor, durchaus in der Absicht, beide Zielgruppen auf ihre Fehler und vor allem auf ihre Borniertheit aufmerksam zu machen.«[48]

Thomas Theodor Heine kostümierte den von Bienen heimgesuchten Serenissimus als Operettenpotentaten aus dem 18. Jahrhundert; und Ludwig Thoma übersetzte das in den verbalen Spott: die »Regierungsplage« hat ihn so »schläfrig gemacht, / Daß er auf dem Throne sacht / Des Gerechten Schlummer schlief.« Ob damit ein zeitgenössisches Staatsoberhaupt gemeint war? Immerhin gab es um die Jahrhundertwende noch Dutzende deutscher Landesherren, deren Befugnisse allerdings eingeengt waren. Ihr Dasein gilt den »bösen Buben« Heine und Thoma als überflüssig, ja anstößig – fast so wie König Peter in Georg Büchners Lustspiel »Leonce und Lena«, das 1895 im Intimen Theater in München uraufgeführt worden war. In der Komödie »Moral«

---

[47] Wilhelm Busch, Gesammelte Werke in sechs Bänden. Hrsg. von Hugo Werner. Hamburg 1987. Bd. 1, S. 305–382.
[48] C. Raffelsbauer, S. 83.

hat Thoma dann ein solches Operetten-Herzogtum verspottet.

Der Triumph der bösen Buben besteht in diesem »Fünften Streich« darin, daß »der Himmel diesen Frevel« nicht durch »Pech und Schwefel« unterbindet oder rächt. »Nein! Im Gegenteil! Es klappte, / Und der Leim und Honig pappte.« Der Fürst überlebt – wie Onkel Fritz, ist aber seiner altmodischen Würde beraubt; diese »Majestät« leuchtet nicht mehr. Die »sittliche Weltordnung ist aber dabei wieder einmal nicht auf ihre Rechnung gekommen.« So relativierte Thoma einmal den Beispielswert extremer Ereignisse und die Wirkung einer drastischen Schilderung.[49]

*Sechster Streich: Das Berliner »Kunsthaus«*

Was Lehrer Lämpel in Heine und Thomas zweitem Streich erleiden mußte – die Zerstörung seines patriotischen Andachtsbildes –, wird im sechsten Streich am zentralen Ort der wilhelminischen Kunstförderung verhandelt und in die Gegenwart der Hauptstadt Berlin versetzt: »In der neuen Blütezeit / Müssen deutsche Künstlersleut' / Viele süße Zuckersachen / Backen und zurechte machen.« Auch hier beginnt die Moritat mit fast wörtlichen Übernahmen aus Wilhelm Buschs sechstem Kapitel; doch besteht dieses aus sechzehn Zeichnungen, die durch je einen paarig gereimten Vers erläutert werden.

Heine und Thoma beschränken sich auf fünf deutlich an Busch angelehnte Bilder, geben aber ungleich mehr Verse hinzu. Die Privatsphäre von Buschs namenlosem Bäckermeister und der Anlaß – die »schöne Osterzeit« – sind entsprechend umgedeutet. Allerdings bleibt der »Konditor« als

---

[49] Gemeint ist einer der Schlußsätze der »altbayerischen Wilderer-Geschichte« »Der Menten-Seppei«. In Ludwig Thoma, Der Wilderer und andere Jägergeschichten. Textrevision und Nachwort von Bernhard Gajek. München 1984. SP 321, S. 16.

Herr des »Kunsthauses« ebenfalls anonym. Die Zeichnung könnte auf das Oberhaupt der Berliner Bildhauerschule, Reinhold Begas, gemünzt sein; wir erwähnten ihn ja schon beim zweiten Streich. Begas versorgte vor und nach der Jahrhundertwende die Reichshauptstadt mit neobarocken Monumenten, wie sie den Heine/Thomaschen Lausbuben mißfallen. Im »Kunsthaus« – der Berliner Akademie? – sehen sie: »Honigsüße Gegenstände / Schmückten überall die Wände; / unser ganzes Heldentum / Stand in Zuckerguß herum«, und alles ist »für die Allee«, d.h. die Siegesallee im Berliner Tiergarten, bestimmt.

Diesmal wird ihre Aktion nicht moralisch, sondern ganz einfach von ihrer Lust am Süßen bestimmt, und durch sie kommen sie in die Bredouille. Man kennt sie von Buschs sechstem Streich: »Ganz von Kuchenteig umhüllt, Stehn sie da als Jammerbild.« Heine hat nur die Schraffur weggelassen, und Thoma schrieb Busch wörtlich ab.

Die Szene ist ebenso phantastisch wie berühmt. Sie geht auf das Leben des neunjährigen Wilhelm Busch zurück; er war, wie schon gesagt, zum Onkel Pastor Kleine nach Ebergötzen bei Göttingen gebracht worden. »Gleich am Tage nach der Ankunft schloß ich Freundschaft mit dem Sohne des Müllers ... Wir gingen aufs Dorf hinaus um zu baden. Wir machten eine Mulde aus Erde und Wasser, die wir ›Peter und Paul‹ nannten, überkleisterten uns damit von unten bis oben, legten uns in die Sonne, bis wir überkrustet waren wie Pasteten und spülten's im Bach wieder ab.[50]

Ein ähnliches Motiv hatte Busch schon in der Erzählung »Die Täuschung« für die »Fliegenden Blätter« verwendet: Ein betrunken heimkehrender Bauer findet ein angenehmes Nachtlager im Backtrog seiner Frau, die über Nacht den Teig gehen lassen wollte.

Die privat inszenierten Einzelheiten aus Wilhelm Busch

---

[50] Wilhelm Busch, Werke. Hist.-krit. Gesamtausgabe. Stuttgart 1959. Bd. 4, S. 148.

dienen Heine und Thoma zur wiederholten Satire auf die wilhelminische, in der Siegesallee täglich vor Augen stehende Kunst und die schon angeführten Maximen des Kaisers. Die Monumente werden angedeutet: »Unser ganzes Heldentum ... ein Prinz aus Schokolade ... Löwen, Adler ... Und zuletzt ganz obenan / Stand ein Held aus Marzipan. / Dieser war bestreut mit Zimt / Und für die Allee bestimmt.«

Diese Kunst, die ebenso monumental wie süßlich zu sein schien, war schon bei Thomas Eintritt in die »Simplicissimus«-Redaktion sein erklärtes Angriffsziel gewesen. »Die Welt wird so süß; ich will etwas Sauerteig hineinbringen und meinen lieben Mitmenschen zeigen, wie spießig sie an der Neige des Jahrhunderts stehen.«[51]

Ist der sechste Streich auch eine Satire auf sich selbst als kindische »Zuckerlecker«, die der Verlockung der öffentlichen Anerkennung erliegen? Oder stellt sie eine unfreiwillige Prognose darauf dar, daß die beiden Autoren eines Tages instrumentalisiert und selbst »in den Denkmalswald« der deutschen Kunst gestellt würden? Freilich überstehen sie in diesem sechsten Streich die fast tödliche Prozedur, indem sie sich aus der Kruste hinausbeißen und durch ihre Flucht die patriotisch inszenierte Einweihung des »Denkmalswaldes« platzen lassen.

Jedenfalls ist nun die Grenze erreicht, und der siebte, letzte Streich »folgt sogleich«.

### Siebter Streich: »Die Macht des Kapitals«

Der siebte und letzte Streich führt in eine Sphäre, die den Autoren – ob auch Wilhelm Busch? – gefährlicher denn alle vorangehenden zu sein scheint. Dem gilt die einleitende Frage: »Wozu müssen auch die beiden / Löcher in die Säcke schneiden?« Das ist wieder wörtlich von Busch übernommen, aber die Situation wird aktualisiert. Die bö-

---

[51] An Albert Langen. München, August und 30. August 1899. LB S. 31.

sen Buben gehen jetzt zu weit: »Staat und Kirche boshaft kitzeln, / Über seinen Fürsten witzeln – / Ja! das geht noch allenfalls, / Doch die Macht des Kapitals! / Diese muß behütet bleiben / Vor verbrecherischem Treiben.« Dem entsprechen der Inhalt der Säcke, die Folgen des Löcherschneidens und die Gegenfigur. In den Säcken ist nicht Mehl, sondern »Goldstaub«, der nicht zur Mühle, sondern vom »alten Kohn« (eine Anspielung auf A. Kohn vom Direktorium der Deutschen Bank?) in die »Münze« gebracht wird. Daß Kohn mit »Waih geschrien!« reagiert und von Heine mit jüdischen Zügen ausgestattet wird, zeigt Heines Distanz zum Klischee wie zum plumpen Antijudaismus.

Das Ende der neuen Lausbuben läuft dem der alten parallel. Hier werden sie aber nicht in den Trichter einer Mühle geworfen, sondern durch den Prägestempel der Kgl. Münze zu »Golddukaten« im Wert von je 20 Goldmark gemacht. Damit könnten sie dem Handel, also nützlichen und friedlichen Zwecken, zugeführt werden. Doch eben darin besteht die Ironie der ganzen Geschichte: Sie nähren den gierigen »Militärmoloch«, den Heine als ein kriegerisches Ungeheuer mit Zackenrücken und Handschuhen an den vorderen Gliedmaßen, vor allem aber durch Epauletten, Pickelhaube und Sporen als bösen, kaum zu sättigenden Fresser darstellt.

Damit lassen Heine und Thoma die Busch-Hommage in die Aktualität der wilhelminischen Aufrüstung einmünden. Der »Simplicissimus« hielt – bis 1914 – dagegen. Denn allein die Hochrüstung der Flotte erforderte Kapitalmengen, die nur durch mehrere Gesetze, denen das Zentrum und die Nationalliberalen zustimmten, zu sichern waren. Damit konnte Alfred von Tirpitz – seit 1898 preußischer Minister – die deutsche Flotte in Konkurrenz zur englischen bringen. Friedrich Alfred Krupp, der im ersten Streich herhalten mußte, tat das Seine dazu; er gehörte zur »Macht des Kapitals«, die vor »verbrecherischem Treiben ... behütet bleiben« sollte. So schließt sich der Kreis von Heines und Thomas Hommage an Wilhelm Busch.

Daß die Flottenpolitik vom deutschen Bürgertum begrüßt wurde, spiegelte sich auch in der Mode der Matrosenkleidung. Thomas Geschichte »Der vornehme Knabe«, dessen raffiniert ausgerüstetes Spielzeug-Kriegsschiff und die trotzige Auflehnung des »Lausbuben« gehören in dieses Umfeld ebenso wie sein entschlossener Patriotismus und der Einsatz für Tirpitz' Deutsche Vaterlandspartei ab Herbst 1917. Die Satire, die einen Wert lächerlich machen will, kann also umschlagen; sie braucht nur den Wert zu wechseln. Daß sie den einen Wert bekämpft, um den andern zu verteidigen, macht sie so schillernd und so attraktiv für Moralisten, vor allem wenn ein Vorbild verfügbar steht, das bereits – im positiven oder negativen Sinne – anerkannt ist und sich den Nachfahren anbietet. Zu ihnen gehörten Wilhelm Busch und seine produktiven Verehrer Thomas Theodor Heine und Ludwig Thoma.

### Schluß: Triumph von Gesetz und Ordnung?

Wie bei Wilhelm Busch kommen die sieben Hauptbetroffenen noch einmal zu Wort: Ihrer Rolle und ihrem Status entsprechend kommentieren sie, was geschah und erzählt wurde, und stellen fröhlich und voll Genugtuung fest: »Gott sei Dank! Man hat sie jetzt, / Die das ganze Volk verhetzt!!« Die bürgerlich-sittliche Weltordnung hat also doch gesiegt; nichts hat sich verändert, alles ist gefestigt, und am Blick von oben fehlt es auch nicht.

War dies das Ziel? Sollte nichts anderes vorgeführt werden? Das konnte man am Ende von »Max und Moritz« wie am Schluß der »Böse-Buben«-Verse fragen. Aber die Frage stößt ins Leere. Das Vergnügen kommt hier nicht aus den moralischen, sondern den ästhetischen Gegenständen und überwiegt und überdauert alles, was im Original wie der huldigenden Nachahmung zeitbedingt ist. Die Zeit und der Ort sind der Rahmen, der Bilder und Worte umschließt und bewahrt; sie führen vor, was menschlich ist und bleibt: das

Junge und das Alte, das Umstürzen und das Beharren, das Menschliche und das Allzumenschliche. Im Grunde wird nichts versöhnt, sondern alles nur vorgestellt, dem Lachen und der Lächerlichkeit preisgegeben, so wie die Satire es zu allen Zeiten tut. Der Demonstrationswert ist an die Mittel gebunden, und diese bleiben durch die Zeit hindurch köstlich.

## Und heute?

Die Anziehungskraft von Wilhelm Buschs Satire ist ungebrochen; sie kann durch eine Huldigung wie die der »bösen Buben« von Thomas Theodor Heine und Ludwig Thoma nur erneuert und vergrößert werden.

Ein in unseren Tagen formuliertes Zeugnis für Buschs anhaltende Wirkung findet sich in der Autobiographie Joachim Fests, des großen Zeitgeschichtlers.[52] Wie Ludwig Thoma, Thomas Theodor Heine und viele andere lernte er an Buschs fröhlich-zwielichtigen Versen das Böse und das Gute als Exempel für den Zwiespalt in der Realität kennen, bevor er ihn erleiden mußte. Und dies nannte er ein »Sesam öffne dich!«, das ihm die Welt der Bücher noch vor der Schule erschloß. »Unstillbares Vergnügen« sei von Wilhelm Buschs Versen ausgegangen. »Ich erinnere mich, daß ›Die fromme Helene‹, ›Fipps der Affe‹ sowie vor allem ›Max und Moritz‹ die ersten Texte waren, die ich noch vor dem Schulbeginn mit zunächst begleitendem Finger las. Zwar ahnten wir nichts von Wilhelm Buschs schopenhauerischen Gemütsverdunkelungen, die dem kundigen Leser über kurz oder lang aufgehen, doch Verse wie ›Wer in Dorfe oder Stadt, / einen Onkel wohnen hat ...‹ oder ›Ach, wie ist der Mensch so sündig! / Lene, Lene! Gehe in dich!‹ machen

---

[52] Joachim Fest, Ich nicht. Erinnerungen an eine Kindheit und Jugend. Reinbek 2006, S. 110f.

mich heute noch glücklich und gewannen in unserer Familie fast redensartlichen Rang. Unwillkürlich bin ich in jeder Phase meines Lebens ins Lesen geraten, sobald mir eine der mit so meisterhaft bösem, menschenkundigem Witz gedichteten Parabeln vor Augen kam ... Kein Dr. Doolittle, keine germanische Heldensage, keine Hütte von Onkel Tom kam den Versen Wilhelm Buschs gleich.«

Das ist in unserer Zeit geschrieben und im September 2006, kurz vor Joachim Fests Tod, gedruckt worden. Soll man dem etwas hinzufügen?

*Bernhard Gajek*

# Franz von Pocci

### Schriftsteller
### Zeichner
### Komponist

I. Dramatische Dichtungen
II. Kinder-, Jugend- und Volksbücher
III. Beiträge zu den »Fliegenden Blättern« und den »Münchener Bilderbogen«
IV. Gedichte
V. Kunsttheoretische Schriften und Korrespondenzberichte für die Tagespresse
VI. Das bildkünstlerische Werk
VII. Kompositionen
VIII. Werke aus dem Nachlass, unveröffentlichte Manuskripte
IX. Briefe
X. Nachträge, Werkverzeichnis, Register

## Werkausgabe im Allitera Verlag